UN ÉTÉ AVEC
PAUL VALÉRY

DU MÊME AUTEUR

Derniers ouvrages parus

Un candide en Terre sainte, Gallimard, 2008.
Le Moment Fraternité, Gallimard, 2009.
Les Cahiers de médiologie. Une anthologie, CNRS Éditions, 2009.
Éloge des frontières, Gallimard, 2010.
Dégagements, Gallimard, 2010.
Du bon usage des catastrophes, Gallimard, 2011.
Jeunesse du sacré, Gallimard, 2012.
Modernes catacombes, Gallimard, 2012.
Le Bel Âge, Flammarion, « Café Voltaire », 2013.
Le Stupéfiant image. De la grotte Chauvet au Centre Pompidou, Gallimard, 2013.
L'Erreur de calcul, Éd. du Cerf, « Le Poing sur la table », 2014.
Un candide à sa fenêtre. Dégagements II, Gallimard, 2014.
Carnets de route. Écrits littéraires, Gallimard, « Quarto », 2016.
Allons aux faits. Croyances historiques, réalités religieuses, coédition Gallimard/France Culture, 2016.
Le Nouveau Pouvoir, Éd. du Cerf, 2017.
Civilisation. Comment nous sommes devenus américains, Gallimard, 2017.
Bilan de faillite, Gallimard, 2018.
L'Angle mort, Éd. du Cerf, 2018.
L'Europe fantôme, Gallimard, « Tracts », 2019.

Avec Didier Leschi

La Laïcité au quotidien. Guide pratique, Gallimard, « Folio Le Forum », 2016.

Régis Debray

UN ÉTÉ AVEC
PAUL VALÉRY

ÉQUATEURS FRANCE INTER

ISBN 978-2-84990-612-5.

Dépôt légal 1re édition : avril 2019.

Sites Internet : www.editionsdesequateurs.fr
www.franceinter.fr

Courriel : contact@editionsdesequateurs.fr

Sommaire

I

Les poètes à la rescousse

L'été sied à Valéry, un solaire impénitent, un Méditerranéen qui nous enjoint de courir à l'onde en rejaillir vivant. Mais cette affinité avec la belle saison ne m'aurait jamais suffi pour proposer aux estivants fidèles à France Inter de lui tenir compagnie durant tout un mois chaud, si je n'avais eu le sentiment d'une dette à son égard. Qu'on me pardonne un souvenir personnel, je ne recommencerai pas.

Les poètes par temps de détresse, chacun sait qu'on ne les convoque pas. On ne leur demande rien. Ce sont eux qui viennent à nous, et qui se mettent à nous chantonner à l'oreille, sans s'annoncer. C'est ce qui m'est arrivé, comme à beaucoup d'autres, quand je me suis retrouvé, il y a un demi-siècle d'ici, je ne savais où en Bolivie, *incomunicado* depuis des semaines, sans livre, sans journal, sans papier, dans quelques mètres carrés. Des réminiscences un peu scolaires, parfaitement involontaires, me servirent de bouées de sauvetage. C'était des bouts de poèmes dissimulés dans les plis de ma mémoire – *Le Bateau ivre* : *Comme je descendais des fleuves impassibles* ; *La Chanson du mal-aimé* : *Un soir de demi-brume à Londres* –, et puis, allez savoir pourquoi, des bribes du *Cimetière marin*. Et elles ont fini bizarrement par prendre le dessus.

> Je hume ici ma future fumée,
> Et le ciel chante à l'âme consumée
> Le changement des rives en rumeur.

Et une autre rengaine, si je ne me trompe :

> Ils ont fondu dans une absence épaisse,
> L'argile rouge a bu la blanche espèce,
> Le don de vivre a passé dans les fleurs !

C'était idiot parce qu'il n'y avait, dans cet endroit très fermé, ni rives ni ciel, ni fleurs ni argile, rien que de l'absence, et pourtant, ça tournait comme un disque rayé. Un morceau de langue française, que je ne pratiquais plus guère. Étrange remontée de sève.

Un bout de passé incongru qui revient, cela n'est pas assez pour se mettre en route avec un auteur plutôt intimidant. C'est qu'en rouvrant ses livres, j'ai découvert un lanceur d'alerte insoupçonné et, au-delà du poète, le plus perçant des « regards sur le monde actuel ». Sur notre civilisation et ses chausse-trappes, sur la façon dont on peut et doit habiter notre modernité, sur ce qui a rendu l'Europe européenne et sur ce qui peut la vider de son esprit, coincée comme elle est entre l'Amérique d'un côté et l'Asie de l'autre.

Ce faux vieux monsieur, chaque année qui passe lui donne un coup de jeune, et sa fréquentation, un coup d'œil perspectif sur notre système de poids et mesures. En nous aidant à prendre du recul, il nous aide à tomber les masques pour nous voir tels que nous sommes en vrai, sans faux-semblants. Pour entamer une promenade dans nos troisièmes dessous, qui a de quoi inquiéter autant qu'amuser. Et rendre ainsi un farniente privatif d'utilité publique.

2

Un illustre inconnu

Ces deux mots en général n'en font qu'un, on pourrait employer l'un pour l'autre. Dans ce cas particulier, c'est encore plus vrai. Les honneurs dont il fut couvert ont fait d'un indocile un pontife – ce qui n'a pas tourné à son avantage. Des sentences en lettres d'or au fronton du palais du Trocadéro, solennelles et jamais lues. Un florilège d'aphorismes dans de luxueux albums, des sujets de dissertation au baccalauréat. Ne soyons pas dupe de ces semblants. Un monument est un édifice dont on n'a plus l'usage et, quand on veut oublier quelqu'un, on lui dresse une statue – bon débarras. Or, nous avons beaucoup à faire avec cet importun très opportun, et plus dérangeant qu'on ne le pense, si on y regarde de près.

Car il y a deux Valéry.

Il y a celui des petits classiques illustrés, du genre noble et barbant, le poète d'État avec raie au milieu et nœud papillon, un témoin de l'ère évanouie des versions latines, qui a nourri un demi-siècle d'explications de texte dans les salles de classe. L'énigmatique sachem dont on ne cause plus guère mais dont on a vaguement entendu causer.

Et il y a le sacripant drolatique, l'anar espiègle, le gamin salace aux mauvaises pensées, « l'esprit le plus méphistophélique de notre littérature », sans parler du coureur et du farceur. Oui, cela fait deux en un : le bienséant et le frondeur, l'homme d'institution et l'irréconcilié.

Ils ne s'ignorent pas l'un l'autre, même s'ils font semblant, en public, de ne pas se connaître. Et on ne s'ennuie pas en allant et venant entre l'officiel et le mutin, qui n'est pas de Panurge, précisons-le. Les deux méritent la visite, le Bossuet de la IIIe République, le Malherbe du Collège de France, le préposé aux discours et cérémonies de la France en col dur, tout comme l'autre, le mariole, le trouble-fête. On ne va pas les jouer à pile ou face. Ce qui ne manque pas de poivre, c'est le double jeu : la figure de proue de l'establishment qui lui décoche des coups de pied en douce. L'académicien en costume, qui paye tribut à la comédie et aux autorités sociales, tout en se livrant à d'inconvenantes et clandestines passions.

Son intérieur et son extérieur jurent ensemble. C'est déroutant. Sa vie extérieure eut de bien modestes péripéties. Il n'a pas couru l'Europe à cheval, comme Montaigne, ni connu les princes et les dagues, comme Machiavel, ni la correctionnelle, comme Baudelaire. Mais son for intérieur n'avait pas froid aux yeux et ne recula devant aucune audace, en lui donnant parfois cinquante ans d'avance sur ses contemporains.

Il faut presque lui courir après pour le rattraper. De quelle façon ? En rassemblant ses *membra disjecta* pour mettre au jour l'épine dorsale. Ce polyvalent doit à une ouverture de compas sans égale l'absence d'une œuvre centrale capable d'en livrer la substantifique moelle, comme *Alcools* pour Apollinaire, les *Essais* pour Montaigne ou *Les Fleurs du mal* pour Baudelaire. C'est une montagne qu'on peut gravir par plusieurs faces, le poète, le moraliste, le philosophe, le critique, le géopoliticien, le dramaturge, le conférencier. Il y a, dans ce massif éclaté, un poète du XIXe siècle, un penseur du XXe et un chroniqueur de notre XXIe. Le fonds ne manque pas, comme on voit, et on a l'embarras du choix, mais on aimerait, précisément, prendre les trois ensemble, d'une même volée.

De la moins mauvaise façon possible : en suivant la chronologie et le cheminement, étape par étape, d'un original, 1871-1945, à cheval sur deux versants du monde, celui d'hier et d'aujourd'hui.

3

Au bord des vagues

Paul est né à Sète en 1871 (un an après la défaite de Sedan), dans une maison donnant sur le port. Son père est corse, né à Bastia, vérificateur des douanes, et sa mère, italienne, fille d'un aristocrate génois, femme au foyer. Le « y » du nom de famille est un double « ii » contracté (lui-même dérivé d'un *Valerj* corse). Et *Le Cimetière marin*, tout anonyme qu'il soit et de portée universelle, est empli des souvenirs de sa ville natale. « Le seul, confiera-t-il, où j'ai mis quelque chose de ma propre vie. » Et où il logera sa propre mort.

> Les morts cachés sont bien dans cette terre
> Qui les réchauffe et sèche leur mystère
> Midi là-haut, Midi sans mouvement
> En soi se pense et convient à soi-même…
> Tête complète et parfait diadème,
> Je suis en toi le secret changement.

Dans sa *Supplique pour être enterré sur la plage de Sète*, un autre natif du lieu, Georges Brassens, aspire à la même métamorphose que son bon maître, et ils ont eu droit l'un et l'autre à un balcon sur mer, sur le même rivage :

Déférence gardée envers Paul Valéry
Moi l'humble troubadour sur lui je renchéris
Le bon maître me le pardonne
Et qu'au moins si ses vers valent mieux que les miens
Mon cimetière soit plus marin que le sien
N'en déplaise aux autochtones.

Le patricien et le plébéien, égaux pour la technique et la discipline, hantés l'un et l'autre par l'exactitude des mots et leur musique, se répondent à distance. Le bref bonheur qui se fredonne et la longue élégie qui se médite, l'Olympia et l'Olympe, ce sont deux voies également royales vers la Beauté.

Elle a de la chance, « la petite Venise languedocienne », « l'île singulière » bordée au nord par l'étang de Thau et au sud par la Méditerranée. Avec ses joutes sur le canal, son port de pêche et son mélange d'italien et d'occitan, Sète a tout pour décloisonner les cervelles et ouvrir sur le Midi. Jean Vilar y est né, et y repose ; Agnès Varda a filmé avec amour ses quais et ses ruelles.

> Je suis né, écrira-t-il plus tard en 1933, dans un port de moyenne importance, établi au fond d'un golfe, au pied d'une colline, dont la masse de roc se détache de la ligne générale du rivage. Ce roc serait une île si deux bancs de sable [...] ne le reliaient ou ne l'enchaînaient à la côte du Languedoc. La colline s'élève donc entre la mer et un étang très vaste, dans lequel commence, – ou s'achève, – le canal du Midi. Le port qu'elle domine est formé de bassins et de canaux qui font communiquer cet étang avec la mer. Tel est mon site originel, sur lequel je ferai cette réflexion naïve que je suis né dans un de ces lieux où j'aurais aimé de naître.

Et il restera fidèle jusqu'à la fin à l'esprit du lieu et du milieu qui l'ont formé. Ce qui fait un solaire froid, un expansif introverti, de ceux qui ne se sentent pas tenus, provenant naturellement d'un monde chaleureux, de gesticuler pour chauffer la salle ou de taper dans le dos pour faire copain-copain. On se tient bien. On ne s'étale pas et on se livre peu.

Il faut s'imaginer Valéry en maillot de bain. La natation est le seul sport qu'il a pratiqué. C'est rare chez les auteurs classiques, qui en général n'aiment pas l'eau salée. Étudiant, il pensera opter, avant d'entrer à la fac de droit, pour l'École navale. Signe d'une époque qui découvre les cargos et les bouges, celle des officiers de marine et de l'essor colonial, de Pierre Loti, de Segalen, des *steamers* et des voyages, où le trois-mâts baudelairien rencontre la machine à vapeur.

Simenon est un romancier Nord, Valéry est un poète Sud. Marseille, Gênes, Nice – ce sont ses points d'ancrage, ses villes de sûreté, son angle de vue sur la planète des congénères. Existe encore, à Nice, le CUM, le Centre universitaire méditerranéen fondé sous son égide en 1933, censé devenir un lieu névralgique de rencontres multinationales. L'Europe dont il a rêvé jusqu'à la fin de sa vie sentait la sardine grillée, buvait du rosé ou du porto plutôt que de la bière ou du bourbon. Elle avait le palmier et non le chêne dans son blason, le *Mare nostrum* et non l'Atlantique en souffleur, et pour langue de convenance plutôt l'italien, l'espagnol, le portugais ou le français que le *globish*. L'Europe des *lobbies* s'est mise à l'anglais, du nord au sud, mais le centre des esprits n'a pas fermé ses portes. C'est le cadeau d'un Sétois à la promenade des Anglais.

> La mer, la mer, toujours recommencée !
> Ô récompense après une pensée
> Qu'un long regard sur le calme des dieux !

Oui, il a de la ressource, *ce toit tranquille où marchent des colombes*. Il est à la fois Esprit et Lumière, intellectuel et sensuel, d'hier et d'aujourd'hui. C'est un refuge et un carrefour, et il n'était pas dit qu'il deviendrait un jour, avec les migrants, un cimetière marin pour de vrai. Cette mer est faite de légendes et de vent, de rêves et de nombres, elle mêle le mythe à la clarté. En un mot comme en cent, la Méditerranée, on dirait du Valéry tout craché.

4

Midi le juste

La grande bleue : plus qu'une mer, une culture et un tempérament. Une maîtresse à penser, mais aussi à sentir et à sourire, de soi-même et des autres. Une sorte de savoir-vivre légué aux riverains par les millénaires. Un art de ruser avec le malheur, pour se sortir d'un mauvais pas, sans monter aux extrêmes. Un goût de la parole, qui ne se fie pas trop aux grands mots, Europe, Liberté, Justice, Progrès, qui chantent plus qu'ils ne parlent mais qui, à force de penser pour nous, nous empêchent de penser par nous-mêmes. Une façon d'éviter dans la bagarre l'outrance et l'hystérie, en terminant sur une pirouette ou une bonne blague ; une manière aussi d'interroger les évidences, qui évite de prendre des vessies pour des lanternes. Disons : une civilisation.

Camus l'Algérois est de cette famille d'esprit, c'est un petit-cousin. Il appellera cette sagesse la *pensée de Midi*. C'est un style de vie, non supérieur aux autres, mais différent, avec ses propres allures. Plus proche des valeurs du monde païen que des chrétiennes, il préfère les fables aux dogmes et les mythologies à la théologie. C'est une spiritualité à taille humaine, une pensée de la mesure et des limites, où la lumière est sœur de l'intelligence, non de l'ivresse des cimes, où la nature passe avant l'Histoire, où le goût de la beauté et des formes claires conjure les vertiges de l'infini et de l'informe.

Valéry est de ceux qui ont donné sa pleine noblesse littéraire et morale à ce qu'on pourrait appeler l'âge de la Méditerranée, auquel succéderont, au XXe siècle, le temps de l'Atlantique, puis celui de l'Océan global au XXIe siècle. La mer intérieure est solidaire d'un humanisme lumineux, pluriel, métis, commerçant, doué pour l'accueil et la conversation, un monde où, chose rare, les dieux se tiennent tranquilles, peut-être parce qu'il n'y en a pas un mais plusieurs. Une posture bien résumée par l'exergue du *Cimetière marin* emprunté à Pindare : « N'aspire pas, ô mon âme, à la vie éternelle, mais épuise tout le champ des possibles. » Albert Camus a repris la même épigraphe, dans *Le Mythe de Sisyphe*, et ce n'est pas un hasard. Ce sens de la justesse, du « rien de trop », c'est aussi un sens de la justice, une sorte de troisième voie, dans le contexte de l'époque, entre la civilisation montante des robots, l'Amérique du dollar et celle des défilés au pas, la Russie soviétique. Le oui au Sud, chez un Valéry comme chez un Camus, c'est, entre les lignes, un non à l'Est et un non au Nord. L'islamisme offensif, le Web planétaire et la démographie ont peut-être eu raison de cette conception du monde, mais n'oublions pas qu'il y a toujours des retours de flamme ou de tendresse.

Cette tournure d'esprit n'est pas un nationalisme de revanche ni on ne sait quel indigénisme. Sans cacher son goût des îles et des archipels, elle se voue plutôt à l'union de la terre et de la mer, en célébrant leurs noces, à Tipaza, en Algérie, au mont Saint-Clair, en Languedoc, ou à Gênes en Italie.

Ce n'est pas un hasard s'il a pu se créer, à l'université Pasquale Paoli de Corte, une chaire « Esprit méditerranéen Paul Valéry ». Et quand, sur la place du village d'Erbalunga, au nord de Bastia, berceau de la famille Valéry, et à l'invitation du généreux Charles-Henri Filippi, un enfant du pays, nous débattions, l'année dernière, à ciel ouvert, Michel Jarrety, le biographe de Valéry, et moi, se trouvaient au premier rang de l'assistance le leader indépendantiste Talamoni et ses amis. Pour eux, Valéry est un chantre perdu à rapatrier, étudier et soutenir. N'ayant mis les pieds à Bastia qu'une fois, pour une courte escale au cours d'une croisière, Valéry n'aurait certes pas son statut de résident et il ne parlait pas la langue. Sa mère, oui, venait de Gênes et la Corse était génoise avant l'arrivée des Français. Alors, Valéry, un Corse d'honneur ? L'annexion peut faire froncer les sourcils, et, soyons clair, la loi du sang, en République, ne saurait faire loi. Mais, enfin, « les enfants, disait Brecht, appartiennent à ceux qui les rendent meilleurs ». Tant mieux si Valéry a des parents adoptifs pour donner plus longue vie encore aux poètes français qui ont su recueillir et faire fleurir ce legs en ballottage, la pensée du Midi.

5

Le trio à plumes

En 1884, la famille émigre à Montpellier, vieille cité aristocratique et universitaire, « d'une distinction un peu distante », jugera-t-il plus tard, ce qui sied à un tempérament rétif aux effusions. Études classiques, faculté de droit, lectures à domicile (Edgar Poe, Baudelaire, Huysmans). Décès du père, il a quinze ans. Une certaine solitude. Un service militaire ennuyeux. Jusqu'à ce jour de 1890 où le petit provincial en uniforme, au cours d'une célébration, à Palavas-les-Flots, du sixième centenaire de l'Université, se retrouve assis à côté d'un jeune élégant de son âge, qui se met à lui parler de Verlaine et Rimbaud.

De cette rencontre, un coup de dés, tout le reste va suivre.

> Un hasard d'entre les hasards me le fit connaître, et cette vie fut toute changée, dira

> Valéry plus tard, devant la tombe de Pierre Louÿs, qui lui fut un peu ce que La Boétie fut à Montaigne. La plupart de mes premiers vers ne furent faits que pour être échangés contre les siens. Il était, en ce temps-là, le plus timide, le plus délicat, et le plus entêté des jeunes hommes, d'une séduction et d'une élégance que je n'ai vues qu'à lui.

Pierre Louÿs et lui ne vont plus se quitter. Sitôt qu'il est reparti, se noue une correspondance assidue, à laquelle se mêlera bientôt le jeune André Gide. Va naître de ces échanges épistolaires une amitié à trois voix et au long cours (Gide sera son témoin de mariage à la mairie, et Pierre Louÿs à l'église), où chacun se fait à la fois le critique et le supporter des deux autres. Qui dira le rôle du facteur dans la littérature française, de Madame de Sévigné jusqu'à Maria Casarès ? Et de la sacoche postale dans la construction d'une nation ? À quand un monument aux PTT, sur le quai Conti, devant l'Académie française ?

Gide, le huguenot homosexuel, Louÿs, le libertin érudit, et l'encore chaste Valéry, qui va à la messe le dimanche. Ce qu'ils ont en commun, ces trois adolescents, c'est l'obsession de la musique des vers, la recherche du mot déconcertant de justesse, tant il est vrai, comme dit Proust, que « la concordance des opinions affichées compte moins que la consanguinité des esprits ». Elles vont d'ailleurs divorcer, les opinions, lors de l'Affaire avec un grand A, Gide dreyfusard, Valéry et Louÿs, antidreyfusards. La tempête Dreyfus ne ruinera pas entre eux le pacte de confiance que constituent la passion littéraire, le goût du clin d'œil et du parodique, poussé jusqu'au burlesque (la participation, en 1894, à l'Académie canaque), et des citations à tout bout de champ. La Belle Époque, ne l'oublions pas, c'était, dans les milieux favorisés, l'habitude du par cœur – commun aux progressistes et aux conservateurs. Des hommes aussi différents qu'un Jean d'Ormesson ou un Stéphane Hessel, les ultimes héritiers de cette tradition, pouvaient réciter à l'improviste et de mémoire des centaines d'alexandrins et d'hexamètres.

Allusions sibyllines, fumisteries savantes, tirades sur-écrites. C'est le régime en surchauffe d'une société d'admiration mutuelle, où la littéraire est à la fois un jeu et une religion. Non qu'on se prenne trop au sérieux entre joueurs qui se renvoient la balle, plus farceurs et potaches qu'à leur tour. On connaît le mot de Gide : « Je ne suis qu'un petit garçon qui s'amuse – doublé d'un pasteur protestant qui l'ennuie. » Les démêlés du galopin et du moraliste, chez Gide en particulier, n'ont rien perdu de leur charme. Ils font partie du patrimoine, d'autant plus à sauvegarder qu'il n'est plus à la mode.

Dans le trio, chacun joue son rôle. Gide fera l'*Inquiéteur* (ses ennemis, plus tard, diront le *Malfaiteur*) ; Valéry, l'*Ingénieur*, qui compose et décompose les montages de sonorités ; Louÿs, l'*Entraîneur*, le Parisien déluré qui donne aux deux provinciaux des conseils d'« auto-lançage », d'autopromotion, dirait-on aujourd'hui, ou comment faire le buzz. C'est un Parnassien érudit et dégourdi, bien introduit dans les milieux d'avant-garde, qui publie une revue confidentielle et chic, *La Conque*, où les trois vont faire leurs premières armes. Valéry demande à son ami Louÿs ce qu'il pense de ses envois, et ce dernier, lassé mais obligeant, lui conseille d'adresser ses poèmes directement au grand patron, le Jupiter du cénacle, Stéphane Mallarmé.

6

Louÿs l'oublié

Le temps, prenons-y garde, est un éclairagiste capricieux. Nous regardons à présent Pierre Louÿs comme un second rôle un peu excentrique, Valéry n'étant qu'un comparse prometteur mais, à l'époque, c'était lui qui prenait la lumière. Il s'appelait en fait Louis, mais Louÿs, avec un « i » grec et un tréma, c'est plus élégant et plus intrigant. Adoubé par les plus grands, le futur gendre de José-Maria de Heredia – *Comme un vol de gerfauts hors du charnier natal…* – s'était fait un nom très tôt, en 1894, avec une aimable et très érudite supercherie, *Les Chansons de Bilitis*, qui sera mise en musique par son ami Debussy. Ce personnage inventé était une poétesse de l'Antiquité, fille d'un Grec et d'une Phénicienne, lesbienne accorte et bucolique, dont il aurait retrouvé et traduit les épanchements pastoraux. Il y brossait un innocent paradis de plaisirs interdits, avant l'invention du péché originel. Énorme succès. Tout Paris voulait connaître le prodige de vingt-cinq ans, et Breton lui-même déclarera plus tard qu'il était « l'homme qu'il aurait le plus désiré connaître ». Vinrent ensuite *Aphrodite* et, surtout, *La Femme et le Pantin*, issu d'un séjour à Séville. Une espagnolade, si l'on veut, dans la lignée de la *Carmen* de Mérimée, mais un savoureux récit racontant l'humiliante passion d'un homme mûr, Mateo, don José résigné, pour une Andalouse de quinze ans, fantasque et libertine, Concha Perez. L'envoûtante étrangère, petite Vénus au fouet, mettait la morale en pièces et renouvelait à sa manière le lien immémorial et réjouissant unissant l'érotisme à l'exotisme. De cet hommage à la souveraineté féminine, dont les lecteurs sont devenus rares, ne subsistent que le titre et la version cinéma car il eut plus d'une adaptation à l'écran : par Josef von Sternberg, avec Marlene Dietrich, par Julien Duvivier, avec Brigitte Bardot, par Luis Buñuel, *Cet obscur objet du désir*, avec Carole Bouquet dans le rôle de Concha. Ce conte efficace porta le jeune Pierre Louÿs, pour son malheur, au comble de la fortune et on pense au mot du romancier anglais Trollope : « Le succès est un malheur inévitable de l'existence, mais ce n'est qu'aux plus infortunés qu'il survient précocement. »

Tel est le jeune ambitieux dans le vent que Valéry a pris pour entraîneur et qui ne cessera de l'inciter à vaincre ses réticences, à travailler et publier. « Une des choses qui me navrent le plus, lui écrit-il, c'est de songer que tu peux tant et que tu veux si peu » (l'inverse est plus courant en effet : vouloir plus qu'on ne peut). Ce que Valéry ignore, c'est que son ami le plus proche, en qui il voit un moine de l'art pour l'art, un mystique voué au sacerdoce du Pur et du Beau, est en secret un pornographe accompli, qui mettait sa sexualité en fiches, avec attestations photographiques et anthropométriques, qu'on découvrira après sa mort. Le ministre de l'Instruction publique, Anatole de Monzie, qui vient, en 1925, prononcer, au nom du gouvernement, l'éloge funèbre du littérateur ne sait pas qu'il encense en réalité l'auteur du *Catalogue chronologique et descriptif des femmes avec qui j'ai couché*, du *Manuel de civilité pour les petites filles à l'usage des maisons d'éducation*, d'*Enculées*, du *Trophée des vulves légendaires* et un collectionneur maniaque de photos érotiques d'adolescentes, qu'il prenait lui-même dans son appartement parisien.

Mais ce n'est pas pour cette sulfureuse activité tenue sous le boisseau que l'amitié s'est refroidie au fil des ans. Louÿs, abîmé par la drogue et les excès, a connu une lente déchéance, devenant peu à peu aveugle, obèse, alité et ruiné. Avec une idée fixe : démontrer que c'est Corneille qui a écrit les pièces de Molière – ce qui déclenche un tollé, et, de la part de Valéry, un silence réservé mais, pour Pierre Louÿs, mortifiant. D'où des billets et télégrammes comminatoires. « P. V. ne peut rester neutre dans une guerre où P. L. est bombardé depuis cinq mois. » Il exige en vain de Valéry qu'il lui rende ses anciennes lettres. Refus. C'est la brouille définitive.

Ce qui n'empêchera pas Valéry de lui témoigner publiquement une infinie reconnaissance.

> L'amitié de Pierre Louÿs fut une circonstance capitale de ma vie.

7

Mallarmé and Co.

Le pape du symbolisme a répondu personnellement à une lettre du jeune Languedocien en lui indiquant son estime et que sa porte lui est ouverte. Valéry a vingt ans, en 1891, quand il vient rencontrer « le suprême, le paternel ami », prof d'anglais au bahut du coin. Il s'était créé une petite liturgie autour du chef de bande, un brin pontifiant. Cela s'appelait « les Mardis de Mallarmé ».

C'est le premier cercle où peuvent se côtoyer des originaux venus de partout, Laforgue, Claudel, Gide, Debussy, Henri de Régnier, Vielé-Griffin. Et le cénacle fait moins une école qu'une église. S'il s'agit, pour beaucoup, de reprendre son bien à la Musique – *De la musique avant toute chose,/Et pour cela préfère l'Impair*, la consigne de Verlaine –, leur esthétique est d'abord une morale, et une morale de l'effort. Ce sont tous, à cette époque du moins, des rétifs, des renonçants, volontiers moqués par la critique établie. À quoi ont-ils renoncé, ces amateurs de petits tirages ? Au grand public. Leurs saints ont tous eu à souffrir des suffrages du grand nombre. Edgar Poe, Rimbaud, Baudelaire, Villiers de L'Isle-Adam. Ils laissent *la gloire statistique* aux romanciers réalistes, genre Zola, aux moralistes du beau monde, comme Paul Bourget, et au gentil et consensuel Anatole France, en misant sur des âpretés difficiles d'accès mais susceptibles de créer, plus tard, leur public. Et ce pessimisme, disons plutôt cet optimisme différé – « je serai compris demain » –, laissera son empreinte sur le Valéry porté aux nues de la maturité, mais qui n'oubliera pas son serment d'hermétisme. La qualité contre la quantité. Orgueil contre vanité.

Chaque génération, dit Julien Gracq, a son « Saül consécrateur d'enfants sublimes », celui qui met sur sa voie pour aider l'enfant à trouver la sienne. Valéry se plaira à se qualifier de « Mallarmé très inférieur ». Il a repris sa définition de l'art poétique comme l'art ou plutôt le travail consistant à extraire de la langue brute un langage essentiel et pérenne « isolant la poésie même de tous les éléments étrangers à son essence ». Avec le risque de rendre ce qu'on appellera la poésie pure trop pure et dense, et d'exagérer, dans cette combinaison de chair et d'esprit qu'est un poème, la part de l'esprit. Valéry va courir ce risque très consciemment et volontairement, comme en témoignent ses premières créations, *Album de vers anciens* et *La Jeune Parque*, l'histoire cryptée d'une conscience qui s'éveille : le réveil à l'aurore est le moment valéryen par excellence.

AURORE

La confusion morose
Qui me servait de sommeil,
Se dissipe dès la rose
Apparence du soleil.
Dans mon âme je m'avance,
Tout ailé de confiance :
C'est la première oraison !
À peine sorti des sables,
Je fais des pas admirables
Dans les pas de ma raison.

Salut ! Encore endormies
À vos sourires jumeaux,
Similitudes amies

Qui brillez parmi les mots !
Au vacarme des abeilles
Je vous aurai par corbeilles,
Et sur l'échelon tremblant
De mon échelle dorée,
Ma prudence évaporée
Déjà pose son pied blanc

« En fait d'écrivains, je n'aime que les pur-sang », dira-t-il – et Mallarmé restera, pour lui, le passeur dont nous avons tous besoin pour nous dépasser, tant il est vrai – rappelons-le à quiconque aspire quelque jour à devenir ce qu'il est – qu'il faut toujours un Maître pour apprendre à se passer de maître.

Valéry avait peu connu son père biologique, mort trop tôt, et Mallarmé avait perdu son fils. Y eut-il, entre eux, une relation père-fils par substitution ? Ce n'est pas impossible mais, en attendant, le Maître va aider le disciple à prendre femme, la rue de Rome tournant un peu à l'agence matrimoniale. Il lui avait manifesté son intention de le voir épouser la nièce d'un de ses amis peintre. Et c'est à son enterrement, où sont venus Rodin, Clemenceau, Renoir et les fidèles, que Paul Valéry va rencontrer la promise, Jeannie Gobillard, parente de Berthe Morisot, grande figure de l'impressionnisme et qui avait servi de modèle à Manet lui-même. C'était l'une des trois cousines que Berthe avait logées dans le même immeuble, 40, rue de Villejust, devenue la rue Paul-Valéry. Il a hésité, pensé à une annonce dans le journal, « petit employé cherche riche héritière », mais, je cite une lettre à son frère, « comme on ne peut pas les épouser toutes les trois (ce que je regrette), il faut se décider pour une ». Ce n'est pas la plus fortunée, mais à Dieu vat. Le mariage a lieu à Saint-Honoré d'Eylau, en 1900, le même jour que sa cousine Julie Manet qui se marie, elle, avec Ernest Rouart, le fils d'Henri, grand collectionneur de tableaux (dont Jean-Marie Rouart, l'académicien, est l'arrière-petit-fils). Ainsi débuta ce qu'un futur père très attentionné pour sa femme et ses enfants viendra néanmoins à décrire, sans délicatesse excessive, comme un « engourdissement familial ».

8

Orphée rond-de-cuir

La grande famille de la rue de Rome, avec les Rouart père et fils, n'est pas un mont-de-piété et les puristes aussi doivent manger. Installé à Paris, en 1894, Valéry doit trouver un job. Les plaquettes de poésie ne rapportent rien, la maman n'a pas le sou et tous les écrivains ne sont pas, comme Gide et Louÿs, rentiers ou fils de famille. Pensons à Huysmans, qui clame son dégoût du siècle et de la vie en gagnant la sienne au ministère de l'Intérieur, à la Sûreté générale comme chef de bureau honoraire. Valéry passe un concours administratif, le réussit et entre au ministère de la Guerre, avec le grade de commis rédacteur de troisième classe à la direction de l'artillerie, section des bâtiments et du contentieux. Plus prosaïque on ne peut.

Le dessus du panier nous a un peu trop

habitués aux carrières d'ambassadeur de haut rang, Alexis Léger, Claudel, Giraudoux, Morand. On oublie les manches de lustrine qu'ont enfilées Maupassant, commis dans un ministère, Mallarmé, prof de collège, Fénéon, l'anarchiste inventeur des *Nouvelles en trois lignes*, Georges Bataille, bibliothécaire, et même Julien Gracq, prof d'histoire-géo sa vie durant. L'apocalyptique Léon Bloy annonçait la fin des temps en pointant à la Direction de l'enregistrement des domaines et des timbres. Le séditieux en petit fonctionnaire sûr de son bulletin de salaire mensuel est dispensé de la chasse au gros tirage par la sécurité de l'emploi. C'est pourquoi la vie de bureau sied aux extrémistes et aux irréguliers qui peuvent ainsi se vouer aux grandes aventures de l'âme, sans trop se soucier de la logistique.

Il accepte peu après la proposition d'un ami d'ami : aller à Londres traduire en français des articles de propagande pour Cecil Rhodes, le fondateur de la Rhodésie, aujourd'hui Zimbabwe, et notamment sur l'Afrique du Sud, où se déroule la guerre des Boers. Élargissement des horizons et première initiation au grand large. La découverte des rapports de force dans le grand jeu planétaire aura des suites, et des meilleures. Mais l'excursion britannique n'a qu'un temps. Et la planque administrative quoique fastidieuse était trop bonne pour durer. Il est au reste mal noté par ses supérieurs, et s'ennuie. Donc, démission.

Valéry trouvera une autre situation, plus enviable, en 1900 : secrétaire particulier de l'administrateur de l'agence de presse Havas, l'ancêtre de l'AFP, Édouard Lebey. Franc-maçon, socialisant, cultivé et bon bougre. Le voilà avec un patron auquel il devra demander ses après-midi. Mais un patron très bien renseigné qui a beaucoup à offrir, et d'abord le principe de réalité en matière politique. Une formidable source d'informations sur les conflits en cours. Un apprentissage qui permettra à un sculpteur de mots de ne pas se payer de mots lorsqu'il dressera un état du monde réel et de garder un œil, jusqu'à ses derniers jours, sur le dessous des cartes planétaire. Pas besoin de faire le globe-trotter ou de prendre l'avion à tout bout de champ pour saisir, mieux qu'un Albert Londres toujours en course, ce qui se trame entre puissances et continents. Il y aura bientôt chez

« le Monsieur qui s'ennuie », toujours bien informé, un journaliste transcendantal qui ne s'en laisse pas conter, voyant le feu sous la cendre bien avant qu'il n'éclate.

9

La nuit fatidique

Dans une vie digne de faire rêver, il doit y avoir un avant et un après. Après quoi ? Un flash, une illumination. Cette dernière gagne à être nocturne. Ce sera la nuit-fulgurante, la ligne de partage des eaux – entre le coup d'État en politique et le coup de foudre en amour.

Ainsi marche la légende. Le prophète Mahomet a eu la Nuit du Destin – quand l'ange Gabriel vint lui souffler le divin message. Luther a fait vœu de rentrer dans les ordres au cours d'une nuit d'orage, où la foudre a tué son compagnon de voyage. Pascal est sorti transformé de la nuit dite du *Mémorial – certitude, certitude, sentiment, joie –*, extase mystique qui l'a retiré de la vie mondaine. Descartes a rencontré la Méthode et sa voie dans la nuit du 10 au 11 novembre

1619. Dans l'odyssée valéryenne, le rôle fut tenu, du 4 au 5 octobre 1892, par la *nuit de Gênes* (où il était venu visiter sa tante).

> Nuit effroyable. Passée assis sur mon lit. Orage *partout.* Ma chambre éblouissante par chaque éclair. Et tout mon sort se jouait dans ma tête.

Que lui a donc révélé cette nuit, zébrée d'éclairs comme il convient ? La vanité de la littérature. Et la nécessité de lui trancher la tête, fût-ce celle, hors de prix, de Mallarmé lui-même. La littérature se nourrit d'émotions obscures, de passions irrationnelles, de faux mystères et de délires sexuels. Il faut donc s'en retirer, étouffer le Moi en soi et s'adonner non plus aux Arts, ce faux-semblant, mais à la Science, anonyme, universelle et qui, elle, ne trompe pas son monde. L'esprit seul peut rédimer la chair. La sensibilité, voilà l'ennemi, autant dire la foule elle-même par nature écervelée – « Cent mille esprits agglomérés font une pensée nulle ». Valéry avait été amoureux à Montpellier d'une inconnue à particule, baronne de son état, dont le fantôme le poursuivait. Il décide de ne plus jamais tomber amoureux – tant l'amour est une promesse de malheur – et de ne plus s'enthousiasmer pour rien, l'enthousiasme est toujours une erreur de raisonnement.

De là viendra une longue abstention, presque deux décennies de silence ou d'essais *mezza voce* (1897-1917). Valéry remplace un dressage sportif par un autre. Ce n'est plus l'haltérophile de l'assonance et de la césure, un gymnaste de la strophe, avec des poèmes par centaines, mais une machine à calculer. Il ne compose plus mais aligne des équations au tableau noir dans sa petite chambre de la rue Gay-Lussac, comme d'autres font des gammes. Il lit Henri Poincaré, le mathématicien, suit les cours de physique de Marie Curie. Il ne veut plus que des CQFD. Guerre aux grandiloquences (avec mise au piquet de Victor Hugo, « un grand poète d'étoffe commune »). Place aux mathématiques.

Et voilà, ô paradoxe, que du serment fait à Gênes de rejeter les belles-lettres va sortir, en 1896, un chef-d'œuvre littéraire, *La Soirée avec Monsieur Teste*. C'est l'histoire d'un pur esprit qui a renoncé à la célébrité et fera la célébrité du signataire ; le portrait d'un ermite qui a pris congé de son époque et va l'y faire entrer ; d'un personnage de fantaisie qui va se confondre avec la personne de son auteur, jusqu'à lui coller à la peau.

En l'occurrence, la faute consista à inventer un sans-faute, dans un impeccable parcours de vie.

> La bêtise n'est pas mon fort. J'ai vu beaucoup d'individus ; j'ai visité quelques nations ; j'ai pris ma part d'entreprises diverses sans les aimer ; j'ai mangé presque tous les jours ; j'ai touché à des femmes. Je revois maintenant quelques centaines de visages, deux ou trois grands spectacles, et peut-être la substance de vingt livres. Je n'ai pas retenu le meilleur ni le pire de ces choses : est resté ce qui l'a pu. Cette arithmétique m'épargne de m'étonner de vieillir. Je pourrais aussi faire le compte des moments victorieux de mon esprit, et les imaginer unis et soudés, composant une vie *heureuse*... Mais je crois m'être toujours bien jugé. Je me suis rarement perdu de vue ; je me suis détesté, je me suis adoré ; – puis nous avons vieilli ensemble.

La vieillesse de Monsieur Teste sera plus difficile que prévu et va valoir à son inventeur bien des ennuis. Il lui sera reproché, par les puristes, de n'avoir pas tenu parole, c'est-à-dire pris la parole comme tout le monde au lieu de garder un prestigieux silence.

10

Dessins et cantates

C'est en 1896, à vingt-quatre ans, qu'il rencontra pour la première fois Edgar Degas, soixante et un ans, dans son atelier rue Victor-Massé. Son ami Eugène Rouart, le fils d'Henri, l'ami de Renoir et Monet, grand collectionneur d'art, a fait les présentations. Un type impossible, le peintre des ablutions et des intimités féminines, sectateur de Proudhon et d'Édouard Drumont, caricature de rapin, grande gueule, misanthrope et misogyne, qui détestait, disait-il, les littérateurs et les juifs. Il rabroua d'emblée son jeune visiteur, lui reprochant son air grave de magistrat anglais autant que son intelligence critique. « Vous avez un grand défaut, Valéry, vous voulez tout comprendre », lui lancera-t-il un jour, ce qu'il jugeait, non sans raison, idiot, s'agissant d'art.

Mais bientôt ce fut un dialogue croisé avec

échange de place. Degas versifie et Valéry dessine. Au crayon et au lavis, comme on le voit dans ses *Cahiers*, aux pages constellées de caricatures et croquis. Il avait consacré en 1895 un important essai à Léonard de Vinci, et tenait le dessin pour le maître et l'ancêtre de tous les arts – tout comme Degas, à qui Ingres avait appris ce qu'il appelait « la probité de l'art », et la nécessité de commencer par le b.a.-ba, le mot à mot des formes. « C'est bon ! Jeune homme, jamais d'après la nature. Toujours d'après le souvenir et les gravures des maîtres. » Berthe Morisot était d'accord avec Degas : « La peinture étant un art de convention, il vaut infiniment mieux apprendre à dessiner d'après Holbein que d'après la nature. » Ce qui intéresse le jeune technicien du vers, c'est le métier de l'artisan, l'épurement du trait, le dessin comme travail et volonté de l'esprit – « il n'enjolive pas ni n'ajoute, il abrège ». Ce qui fascine Valéry, qui aura Serge Lifar pour ami, – l'époque est férue de toutes sortes d'appareils optiques – c'est comment représenter le mouvement des corps en action, cet insaisissable qui fait la grâce des êtres vivants, et amène notre regardeur à vouer une même admiration pour le cheval « qui marche sur les pointes », la danseuse qui fait des entrechats et la méduse, danseuse absolue, pas de plancher sous les pieds. Après tout, si la prose est à la poésie ce que la marche est à la danse, le poète et le danseur ne sont-ils pas cousins germains ?

Tout abonné aux Concerts Lamoureux qu'il ait été et fou de Wagner, depuis l'adolescence, ami de Debussy et de Ravel, présent à la première du *Sacre du printemps* de Stravinsky, Valéry fait danser les mots mais ne s'estimera jamais capable de parler musique, sauf indirectement par le biais de l'architecture. Il fait dialoguer l'art de l'espace avec celui du temps, et son architecte *Eupalinos* parle des « temples qui chantent », et de la musique comme d'un « édifice mobile ». *Charmes ou poèmes* (1922) développe la divine analogie dans le *Cantique des colonnes*.

Douces colonnes, aux
Chapeaux garnis de jour,
Ornés de vrais oiseaux
Qui marchent sur le tour,

Douces colonnes, ô
L'orchestre de fuseaux !

Chacun immole son
Silence à l'unisson.

– Que portez-vous si haut,
Égales radieuses ?
– Au désir sans défaut
Nos grâces studieuses !

Nous chantons à la fois
Que nous portons les cieux !
Ô seule et sage voix
Qui chantes pour les yeux !

Vois quels hymnes candides !
Quelle sonorité
Nos éléments limpides
Tirent de la clarté !

Humiliante pour les mots est l'émotion sonore. « Je subis la musique, comme la douleur ou l'amour », ou encore : « Wagner nous écrabouille. » Au point de confier à Gide, après avoir écouté le prélude de *Lohengrin* : « Cette musique m'amènera, cela se prépare, à ne plus écrire. » Le langage, à côté, n'est pas de taille. L'une s'adresse aux nerfs, l'autre, aux neurones. Ils ne jouent pas à forces égales. « Le tabac fait penser, l'opium fait dormir ; la ciguë, mourir, l'orgue, frémir. » On ne met pas en mots un frémissement. Avec la peinture, en revanche, on peut nouer conversation ou à peu près. On peut, et même on doit. « Un peintre littéraire est toujours un peintre incomplet », disaient les Goncourt. Les peintres sont pour les écrivains des os de seiche sur quoi s'aiguiser le bec. Peu d'entre eux échappent à cette propension, qui leur fait comme une propédeutique.

Dessinateur, caricaturiste et à l'occasion sculpteur, Valéry rendra compte de ses débats avec le peintre qu'il chérissait entre tous, dans un ouvrage de luxe intitulé *Degas, Danse, Dessin*. Un trois D, pour retrouver un véritable pas de deux, entre un pinceau et un stylo.

II

Le problème des musées

Il est devenu angoissant. Il l'a soulevé dès 1923, dans ses *Pièces sur l'art* :

> Je n'aime pas trop les musées. Il y en a beaucoup d'admirables, il n'en est point de délicieux.

Sa tête lui tourne quand il entre dans l'un de ces bric-à-brac « qui tiennent du temple et du salon, du cimetière et de l'école », « un tumulte de créatures congelées, dont chacune exige, sans l'obtenir, l'inexistence de toutes les autres ». Engorgement, affolement, vertige. Dans le domaine de la conservation, l'Occident est « exténué par l'énormité de ses moyens techniques et appauvri pas l'excès même de ses richesses ». À l'invasion des reliques, nous allons fatalement succomber. « Que faire ? Nous devenons superficiels. »

Effectivement, nous le sommes devenus, malaise dans la civilisation de l'abus monumental et de l'hystérie patrimoniale. Quelle ville n'a pas son musée du tire-bouchon, de la pipe ou du doudou ? Quel bourg n'a pas son lavoir ou son colombier ? Quelle région, ses « maisons d'illustres » ? Notre régime de dons et de legs gonfle les collections publiques, tandis que le monumental se privatise. Par ici la visite. « La République imposera à toute l'Europe le joug de l'admiration », se promettait la commission chargée de préparer, en 1793, l'ouverture du Muséum national. Pari tenu. L'Europe elle-même, sur les traces de Venise, devient un musée. Quarante-cinq mille espaces protégés en France et 88 millions de visiteurs en 2017. Deux milliards de touristes sur la planète en 2030, en quête d'un selfie devant le pont des Soupirs, *La Joconde* ou *Guernica*. Avec le tourisme de masse devenu la plus grosse industrie de la région Île-de-France, les anciennes solitudes cirées du Louvre sont surpeuplées et les files d'attente s'allongent (70 % d'étrangers). Il y a partout pléthore, à la fois d'œuvres et de regardeurs, et dans nos métropoles les maisons de l'incohérence, où le civilisé blanchit ses barbaries passées, se découvrent comme celles de la rapine. Devra-t-on tenir pour une aubaine la restitution des belles choses jadis volées aux peuples colonisés ou envahis ? Moins de butin, cela fera de l'air…

Le problème n'est pas moral mais pratique. À l'ère de la « reproductibilité technique » ouverte par la photographie et parachevée ou exaspérée par le numérique, nous avons les moyens de faire fétiche de tout, et de doubler en temps réel chaque chose, chaque événement, par son archive. Impossible d'oublier. Le flux se fait stock instantanément, tout se conserve, rien ne s'efface. L'instant devient Histoire à la seconde même. Sans effort aucun et souvent contre notre gré, on fabrique de l'irréversible avec de l'immédiat. L'idéal de Dubuffet, pour qui « le mieux est de ne rien conserver du tout », est aujourd'hui hors d'atteinte, une vue de l'esprit. Toute civilisation, après sa période un peu folle de fécondité, a sa phase alexandrine, quand à la production spontanée des trésors succèdent la collecte, la mise en ordre et l'exégèse des trésors, avec une prolifération de vocables et de bâtisses en *-thèque* : biblio, pinaco, vidéo, glyptothèque.

La nôtre est précipitée vers son stade récapitulatif et muséomaniaque par une révolution technologique indépendante de sa volonté, et l'intrusion de la quantité dans le royaume de la qualité a des effets de saturation dans tous les domaines, avec retour de manivelle. Trop d'infos, plus de nouvelles. Trop d'installations dites artistiques, plus d'œuvre d'art. Trop de livres, plus de lecture. Trop de voitures, embouteillage. Trop de tout, plus rien ne vaut vraiment. Nous voilà d'abord étourdis, puis indifférents, et enfin, proches du nihilisme, à mots couverts. Paradoxe : une décadence culturelle suite à la croissance des biens culturels ? Telle serait la maladie des riches : l'héritage asphyxiant.

12

L'intellectuel quart de temps

Quoique perspicace dans ses vues au laser de l'actualité internationale, notre esthète n'a pas l'âme militante ni l'humeur interventionniste. Et si on donne au terme d'intellectuel son sens exact, le lettré animé d'un projet d'influence et qui s'évertue à rendre publique son opinion privée sur le train du monde, à intervalles plus ou moins réguliers, Valéry ne fait pas partie de cette élite. Mais il est dans la force de l'âge, vingt-sept ans, quand entre en scène et en lice, de façon tonitruante, et sous son nom propre, cette figure typiquement française. C'est-à-dire quand Émile Zola publie, en première page du quotidien *L'Aurore*, dirigé par Clemenceau, le 13 janvier 1898, sa lettre ouverte à M. Félix Faure, président de la République, où il clame et démontre l'innocence du capitaine Dreyfus alors enfermé à l'île au Diable, en Guyane. S'ensuivront des listes de pétitionnaires réclamant la révision du procès de 1894, dont la dernière sera baptisée « la protestation des intellectuels » : universitaires, diplômés, artistes, avocats, étudiants. Valéry ralliera bientôt le camp opposé. Comme Pierre Louÿs, comme ses amis Rouart, comme Degas lui-même, avec ses confrères Forain et Caran d'Ache. Il signe la souscription des antidreyfusards et verse son écot pour l'érection d'un monument au colonel Henry, l'auteur du faux en écriture qui a fait condamner Dreyfus, et qui, le forfait découvert, venait de se suicider. Valéry a suivi le mouvement, avec un bémol un peu embarrassé « non sans réflexion », en marge de son paraphe.

Le contexte – pensons à la fameuse caricature, « ils en ont parlé » (la table de famille sens dessus dessous) – portait plutôt aux coups et blessures qu'au deuxième degré. Dure époque où un éditorial du grand quotidien catholique *La Croix* consacré à Zola s'intitulait « Étripez-le ! ». Et où le même Zola était contraint de s'exiler dare-dare à Londres pour échapper à la prison et aux furieux, alors majoritaires et qui tenaient la rue.

Rappelons-nous que nombreux furent de bons écrivains et de grands artistes, comme Cézanne ou Renoir, à défendre l'armée, la patrie française et les autorités établies contre les « révisionnistes ». Valéry, qui n'avait rien d'une célébrité à l'époque, fut l'un d'eux. Le tropisme protestant a poussé Gide à rallier les pétitionnaires de *L'Aurore* : un statut de minoritaire, en l'occurrence religieux et sexuel, est toujours de nature à pousser dans le bon camp. Un certain milieu ambiant catholique et antisémite – militant et agressif jusqu'à l'odieux dans la famille Rouart – n'a pas fait cette grâce à Valéry, qui alla jusqu'à exiger par lettre de Gide qu'il ne soit « plus jamais question de cette histoire actuelle entre nous ». Lequel Gide, qui jusqu'à la fin de sa vie n'en mènera pas large devant son ami et mentor, envers qui il avait un certain complexe d'infériorité, répondit qu'« il eût peut-être suffi pour m'empêcher de signer d'une heure causée avec toi », mais que ce jour-là « le vent n'avait soufflé que d'un seul côté ».

On ne trouvera pas dans l'excellent *Dictionnaire des intellectuels français* (Julliard-

Winock) le nom de Valéry. Certes, on y trouve Proust, Cocteau et Julien Gracq, auteurs fort peu impliqués, malgré quelques incartades, dans les prises de bec et l'agitation publique. Proust fut dreyfusard et Gracq communiste dans sa jeunesse. Mais à quel camp rattacher Valéry, le disciple préféré de Mallarmé, qui, prudence ou goût de l'absolu, a traversé comme Debussy, la guerre civile larvée de l'affaire Dreyfus sans prendre parti ? Anarchisme serait forcé. Conservatisme, sommaire. Il n'a jamais fait doctrine de ses opinions, à l'instar du sage chinois qui fait profession de n'avoir pas d'avis. Le Valéry de la maturité aura toujours son petit avis, mais se gardera de faire un usage autoritaire de sa notoriété, aimant toujours mieux prendre le café que le pouvoir. Il se rangeait lui-même dans la catégorie « homme de l'esprit », entendant par là l'homme, qui vit pour l'esprit et a confiance dans la force de la vérité. À ne pas confondre avec le corps spécialisé des intellectuels à leur créneau, veillant au grain et au bien des populations. Valéry, là-dessus, sans doute échaudé par sa mésaventure antidreyfusarde (comme un Lévi-Strauss et d'autres plus tard par leur pacifisme d'avant-guerre et leur soutien aux accords de Munich) fera toujours, dans ce domaine, le minimum syndical. Ce sera un intellectuel quart de temps, dosage recommandé pour tout créateur désireux de ne pas disparaître avec son temps.

« Les grands hommes sont ceux dont les fautes ne comptent pas », dira un jour Valéry. La preuve qu'il a dit vrai, c'est que son faux pas antidreyfusard, cette erreur de jeunesse, n'a guère endommagé sa mémoire ni sa réputation.

13

Homo duplex

« Les gens gagnent à être connus, disait Jean Paulhan, l'éminence grise des Éditions Gallimard. Ils y gagnent en mystère. » Quel est le mystère de notre illustre ? Le contraste entre une vie mondaine charitable, voire intrépide, et un travail d'ermite, voire de misanthrope. De ce hiatus, il s'est fait une hygiène de vie et même une ascèse quotidienne : travail le matin, tralala l'après-midi. Ce qui coupe la journée et le caractère en deux : lucide et bougon avant le déjeuner (pour l'essentiel), puis convive convenu (pour le reste). Lever à cinq heures, la vie étant faite de matinées, ce qui lui fera remplir, au cours de sa vie, entre la lampe et le jour, 265 cahiers de notes, réflexions, digressions. En marchant au café, un vice vital, avec le tabac. Ces heures désertes et cruciales, c'est, pour lui, « la proportion qu'il faut pour une solitude réglable ». L'après-midi, il s'accorde le droit d'être idiot, et aligne déjeuners diplomatiques, réceptions officielles, distributions de prix, rubans et médailles, conférences, récitals. Et on en demande toujours plus à Valéry, jusqu'à en faire le président d'à peu près tout ce qui compte – Pen-Club, Commission des lettres et des arts, Conseil des Musées nationaux, Comité des émissions de radio, Comité d'honneur de l'Union paneuropéenne, etc. Tous les grands de ce monde veulent le rencontrer, surtout après le doublé qui permet à toute époque de répondre à la demande morale d'autorité labélisée : Académie et Collège de France. Ne manque que le prix Nobel, vaguement attendu. Présidents de la République, ministres, maréchaux, généraux, industriels, nobles étrangers, grands scientifiques, dames de la haute en font un récif assiégé, un cloître envahi. « Entre moi et moi, les choses et les autres ont élevé un anneau de corail. Je suis un atoll. » 16 mai 1929 :

> Journée décorée par deux ministres, un maréchal, une danseuse, un ambassadeur, un chef de police, un grand juge, divers compositeurs de musique, un dessinateur…

Quis sustinebit ? Qui supporterait cela ? Peut-être Stendhal : « J'ai deux manières d'être, disait-il, bon moyen d'éviter l'erreur. »

L'ours sous le lambris a suscité maints quolibets. Léautaud, dans son *Journal*, se moque à l'envi de ses convives du Quai d'Orsay : « Et du malheureux diplomate qui ne doit pas en mener large, en ouvrant toutes grandes ses oreilles pour entendre les oracles du "maître" choisi pour lui, en tâchant pour son compte de ne pas paraître sot. Mais que dire du "maître de la pensée française" bandant tout son esprit pour remplir son emploi – et gagner son cachet, très probablement. Faut-il que la célébrité rende sot pour qu'on se prête à ce ridicule. [...] Ce que Valéry aurait "rigolé" si on lui avait prédit cet avenir, au temps des belles soirées de notre jeunesse ! Il est devenu farceur tout comme un autre. »

Et pour cause, il est entré à l'Académie française. Il n'est jamais réjouissant de voir un ami estimé s'en aller tirer les sonnettes de kroumirs qui ne sont pas son genre pour décrocher des voix. Faut-il se brouiller pour autant ? L'indulgence est permise. Il y a tant d'avantages pratiques à prendre son tour de bête sous la Coupole : une place assurée dans les wagons-lits, la chaise à droite de la maîtresse de maison dans les dîners, le coup de chapeau des passants dans la rue, des critiques de presse attentionnées et de bons à-valoir chez l'éditeur. Il y a là de quoi rassurer un inquiet sur son avenir matériel. Un académicien ne meurt pas dans la misère.

En 1943, deux ans avant sa mort, Valéry a mal pris une pique de son vieil ami Gide, dans son *Journal*, qui l'accuse d'avoir eu une vie « réglée comme une partie d'échecs ». Et lui, de répliquer : « Un échiquier où tout le monde a mis la main – excepté moi, moi qui ne suis que mes hasards. »

> Il est vrai, détaille-t-il alors, que ces hasards portent d'assez beaux noms. Pierre Louÿs m'a suborné vers la Poésie. [...] Huysmans m'a précipité dans une carrière administrative. Mon ami André Lebey m'a tiré de là et m'a valu vingt-deux ans d'Havas avec beaucoup de loisir. Mon mariage est l'œuvre conjuguée des dames Mallarmé, de Monsieur Degas et de l'atmosphère Berthe Manet. Ma « Jeune Parque » fut conséquence inattendue de la fondation de la Libraire NRF... Mon Académie, une idée de Hanotaux. Ma chaire, une idée de Bédier. Ma Nice, une idée de Monzie. Pour le dire autre-

ment, tous ces gens ont fait de moi ce qu'ils voulaient.

Mais, cher maître, vous l'avez dit vous-même, « un homme se pare de ses hasards », comme d'autres de ses hautes relations, et si vous me permettez, je me demande si votre infinie courtoisie envers vos solliciteurs, avec cette parure de bicornes, de titres et de décorations qui en est résultée, ne vous a pas finalement porté tort. Ceux qui ne vous fréquentent pas, et vous regardent de loin, peuvent croire que vous preniez au sérieux falbalas et fanfreluches, parce qu'ils ne savent pas à quel point vous vous moquiez de la vanité en général et de la vôtre en particulier.

14

La faute de Monsieur Teste

« Madame Bovary, c'est moi », disait Flaubert. Monsieur Teste, c'est l'idéal du moi de Valéry. Ce personnage de fiction, qui tenait un peu du canular, lui valut l'image tenace d'un misanthrope retiré « au cloître de l'intellect ». En somme, l'opposé du gendelettre, susceptible et babillard. Teste est un moine séculier qui doute du sérieux de la littérature « si on essaie, précise-t-il, de faire abstraction de la vanité », et à la célèbre enquête lancée par André Breton : « Pourquoi écrivez-vous ? », Valéry répondit : « par faiblesse ». Quadragénaire en 1914, versé chez les territoriaux, et donc dispensé de monter au front, Teste a eu deux défaillances avant la Grande Guerre : un essai d'ordre esthétique, *Introduction à la méthode de Léonard de Vinci*, où, à travers le peintre italien, il cherche les principes de fonctionnement du génie, et un autre, d'ordre géopolitique, *Une conquête méthodique*, où il scrute la montée en puissance de l'Allemagne. Sur les deux registres, c'est moins la valeur que la méthode qui le retient. Comme il disait : « Plus me chaut le faire que l'objet. C'est le faire qui est l'ouvrage. » L'ouvrier des Lettres s'intéresse d'abord, à travers Léonard, aux biceps de l'esprit humain, aux rouages de l'art et, à travers l'Allemagne, aux mécanismes d'une conquête d'hégémonie.

L'ascétique renonçant baptisé Monsieur Teste ne pouvait qu'attirer la sympathie d'une nouvelle vague de littérateurs en délicatesse avec la littérature, les surréalistes. André Breton a vingt-cinq ans de moins que Valéry, mais un boudeur aussi hautain qui n'a rien publié pendant quinze ans avait tout pour intriguer ces insoumis en quête d'énigmes. On se rend visite, se surveille du coin de l'œil, et Valéry sera le témoin de mariage du chef de file surréaliste. L'écriture automatique sous la dictée de l'inconscient n'a vraiment rien à voir avec l'écriture d'un ingénieur très consciencieux, hostile au lâcher-tout, mais Breton et lui ont un point commun : le mépris du roman, qu'il soit de gare ou d'aventures. « La marquise sortit à cinq heures. » On se fout des marquises, et pourquoi à cinq heures plutôt qu'à huit ? C'est idiot et gratuit. Aux chiottes le roman, et peu importe s'il faut bien commencer un récit à une heure quelconque.

Alors, Valéry, un surréaliste *in partibus*, un malgré-nous du dadaïsme ? Le quiproquo ne va pas durer, parce que Valéry l'obscur va bientôt attirer les projecteurs. Son ami Gide lui propose de publier ses anciens poèmes aux Éditions de la *NRF*, la nouvelle revue dans le vent, et, en 1917, *La Jeune Parque,* quoique tirée à six cents exemplaires, fait aussitôt un tabac, avec encensement de la critique la plus cotée. *Nobody is perfect.* Nous sommes en 1917. L'ex-Monsieur Teste devient soudain l'otage d'une gloire à retardement. Le jeune et farouche Breton coupe les ponts.

Aragon cisèlera sa meilleure plume pour se gausser du renégat. Ainsi ce compte rendu d'une soirée mondaine, rue Jacob, où lecture est donnée de *La Jeune Parque,* devant une assemblée éblouie de douairières, gros culs et gros bonnets :

« Malgré les chaises rangées, le buffet, les dames à biceps, M. Seignobos, tout cela n'était pas arrangé, voyons, pas arrangé du tout : quelqu'un prend un livre et lit. Je dois dire que ce laisser-aller de commande, cette manière d'être simple, est une des choses qui ont le plus sûrement le don de m'horripiler. Mais que dire de ce que j'entendais ? Moi qui avais nourri une sincère admiration pour *Monsieur Teste*, comment n'aurais-je pas senti en écoutant "Aurore", aussi, combien tout cela est facile ? Facile à la fois et pénible. On me dira que Valéry ne m'avait jamais dissimulé sa poésie. Non : et même si j'avais connu plusieurs de ses poèmes deux ou trois ans avant le monde. Mais pour moi Paul Valéry faisait des vers comme Marcel Duchamp joue aux échecs : qu'importe que ni l'un ni l'autre ne soit champion du monde ! À retrouver dans ce cadre prétentieux et absurde la poésie de Paul Valéry, je ne pouvais méconnaître ce qui en elle est fait pour plaire, et pour plaire à quelles gens ! Et qu'elle plaisait, sa poésie ! C'était un trémoussement de derrières gras et de hanches maigres, une houle soulevant le tulle des corsages, inclinant la tête de M. Seignobos. L'assemblée par tous les pores de sa peau, et il faisait chaud, disait : "À la bonne heure."

L'élève Valéry allait avoir son prix. Ce public sans jeunesse avait la gorge en démangeaison de rester tout un poème sans parler. Il s'en rattrapait par des murmures flatteurs. Valéry écoutait à la cantonade. »

C'est enlevé. Mais Aragon, lui-même féru de masques et de fausses pistes, n'avait-il pas lu Sainte-Beuve ? Ne savait-il pas que le figurant du raout d'un soir a peu à voir avec le même à sa table de travail, avant le lever du jour ? Et qu'être tout d'une pièce est rarement un signe de supériorité ?

Vacharde est la république des Lettres, par nature, le bon mot est son métier. Elle a pu se gausser et même demander que, traduit en malgache, Valéry le soit aussi en français. Il n'en a cure. À sa petite fille qui lui demande ce qui distingue un bœuf d'un taureau, il répond : « Un bœuf est un taureau entré à l'Académie française », mais lui propose-t-on de rejoindre l'enclos qu'il y entre sans se faire prier.

L'habit vert n'arrange rien et on s'explique le dépit de ses jeunes amis surréalistes. « Était-ce bien la peine, lance André Breton, de se cacher si longtemps pour reparaître dans ce costume ? » Signe d'excommunication majeure, il lui fera cette dédicace, la dernière, « à P. V. 1871-1917 ». Quand on a été Rimbaud, coiffer le bicorne sur le tard peut surprendre en effet.

Inutile de dramatiser, et tel fera rire qui croyait pouvoir rire. Il suffit d'avoir une fois fait partie d'une dévote assistance écoutant le vieil et glorieux Aragon psalmodier ses derniers écrits en s'écoutant parler pour savoir à quel point le moqueur de vingt ans peut être moqué à quatre-vingts.

Tout arrive à qui sait attendre, la célébrité d'un côté, les ridicules de l'autre.

15

Le spectre du pognon absent

Ses ennemis, et il n'en manquait pas, avaient beau jeu de moquer ses mondanités. De persifler le prébendier, ronds-de-jambe et baisemains. Les intégristes de la bohème à cheval sur les convenances oublient un détail qui a son importance, comme Benoît Peeters l'a justement relevé : la peur de la dèche. Le problème des fins de mois. Point besoin de lire *Le Capital* pour comprendre l'angoisse de manquer d'un employé qui perd son job. Lebey est décédé en 1922. « Mort du patron, note-t-il alors. Me voilà à louer ou à vendre. » Et il voit se lever « le spectre du pognon absent ». La poésie, contrairement au roman-feuilleton, ne remplit pas le ventre. De quoi ça vit, un écrivain qui se refuse à racoler le client et se réjouit de n'avoir que quelques centaines de lecteurs ?

Comment s'y prenait le chieur d'encre, jadis, pour faire bouillir la marmite ? Par la pension du roi ou la faveur du prince, au XVIIe ; par la besogne encyclopédique, au XVIIIe ; par la pige dans le journal, au XIXe. Au XXe, la gamme des expédients s'élargit, il y a la publicité, le scénario, la préface, la vente de manuscrits, le courtage des œuvres d'art. Les surréalistes, qui étaient fauchés, ont fait flèche de tout bois. Valéry, lui, qui n'a cessé, comme il dit, de « guigner la galette » tourne le dos aux petits métiers paralittéraires, mais ne recule devant rien : « l'autographe de travail » (manuscrit fabriqué après coup, avec ratures et dessins raccrochés), écrits sur commande, préfaces lucratives et conférences monnayées (d'où la place des œuvres de circonstance dans ses œuvres complètes), éditions et réimpressions de luxe. Mais il a son filon à lui, qu'il assume très naturellement : le mécénat par la dame titrée et fortunée. Une tradition dont on peut regretter l'évanescence, malgré les efforts de Mme Bettencourt, dernièrement, pour la faire revivre. Le sponsoring des fondations et entreprises, les bourses Stendhal pour les aspirants auteurs ou les séjours gratuits dans les maisons d'écrivain réparties sur tout le territoire offrent à présent d'autres solutions, plus démocratiques, mais reconnaissons que l'époque aristocratique des égéries salonnières a rendu bien des services à la République tout court, comme à celle des Lettres. Que seraient devenus Léon Gambetta sans l'assistance de Mme Adam et Marcel Proust sans Mme Verdurin ?

La liste des femmes de goût qui ont poussé, entretenu ou renfloué Valéry, causeur apparemment magnétique et indispensable faire-valoir des grands dîners, a de quoi faire bicher les sans-dents du métier. Tous les titres de noblesse sont là. Les comtesses, Martine de Béhague, Anna de Noailles, les duchesses de Clermont-Tonnerre et de La Rochefoucauld, les princesses Bonaparte, de Polignac, de Bassiano (qui lance en 1924 la revue *Commerce*), du sang bleu, en veux-tu en voilà, avec les amies très généreuses des lettres françaises, les tantes d'Amérique, comme Natalie Clifford Barney. Valéry était-il snob ? Disons que la particule et le copurchic exerçaient sur lui, comme sur Proust, un attrait indéniable. La première silhouette dont l'étudiant de Montpellier s'est épris, sans oser l'aborder, était noble. Sauf que Proust, comme un peintre, travaillait « sur le sujet » alors que son œuvre à lui n'y puisait pas sa substance nourricière. Le gotha, c'était moins une source de documentation où puiser sa matière première qu'un contrat d'assurance à long terme. Et de bonne stratégie, pour assurer ses arrières, et, sait-on jamais, une gloire à l'arrivée. Le principe de précaution conseille aux jeunes gens doués d'écumer les deux rives de la Seine, la rive droite, pour la mise en rumeur et en vente, et la rive gauche, pour la quête et la trouvaille. Tenir les deux bouts de la chaîne, n'est-ce pas la clé des belles carrières dans la Ville Lumière ?

16

La grande Catherine

Il a cinquante ans quand il la rencontre dans un dîner mondain, et elle, trente-huit. Leur liaison va les marquer à vif et à vie.

Catherine Pozzi est une femme du monde qui ne ressemble pas à ses consœurs : elle lit le grec ancien, s'exerce aux mathématiques et s'intéresse à la physique déjà quantique. Elle n'est pas jolie, elle est étrange, donc attachante. Et dialogue avec tout ce qui compte à Paris, savants, écrivains, duchesses. Il est marié, avec trois enfants ; elle, divorcée d'Édouard Bourdet, dramaturge vedette du boulevard, qu'elle a jugé être un frivole, une fausse valeur, mais à qui elle a donné un fils, Claude. Elle a beaucoup d'exigences envers ceux sur qui elle jette son dévolu, mais aussi la tuberculose. Son père, un grand chirurgien, est mort assassiné, et elle fut tout du long hantée par sa propre fin. Elle nous a laissé un chef-d'œuvre, son *Journal, 1913-1934*. Valéry y est omniprésent sous toutes sortes de noms de code. S'y trouve consignée, jour après jour, rudement, finement, une expérience de chimie sentimentale, qui est une vivisection à chaud de deux battements de cœur. Elle mourra en 1934, les antibiotiques n'existant pas encore.

Au début, lui l'appelle *Karin*, et, clandestinité oblige, elle l'appelle *Son Éminence, Lionardo*, allusion à Vinci, le *Magister* ou encore le *Bonheur*, avec un B majuscule : « Le Magister, promené par ses éditeurs et ses amis sur la Via Sacra, offert à tous les ministrables comme le sage de l'heure. » Ou encore, plus loin, la même année, 1920 : « Hôtel chic. Musique lointaine. C'est à quatre heures que le Bonheur a pris son parapluie, comme il pleuvait, pour regagner son Devoir », en clair, le domicile conjugal. Car l'Éminence a une femme et des enfants, auxquels il est très attaché et ne songera jamais à divorcer. Ce qui ne l'empêche pas, à l'être qu'il dit aimer le plus au monde, de lui confier par lettre : « Quand tu n'es pas là, je suis absent, séparé de moi, étrange, incomplet, autre. Je te retrouve et me retrouve avec l'anxiété de ce que tu es, une autre inquiétude, la peur de ne pas t'atteindre et cet amour qu'il faut bien oser appeler une maladie de l'esprit. » Pour Monsieur Teste, on le sait, tomber amoureux veut dire tomber malade.

Elle rêve d'une recherche spirituelle menée en commun, mêmes lectures, mêmes apprentissages. De concessions en fausses promesses, elle se lasse, peu à peu, trop fière pour jouer Back Street. Les pseudos évoluent au fil du temps. Il s'appelle bientôt *Absum* ou *Je manque*. Le grand homme rapetisse peu à peu et reprend son âge.

« 1921, 24 octobre. Hyères. Golf Hôtel. – Il entre. Il ne me plaît pas physiquement. Non que son visage ne me plaise. Mais il est vieux. Presque un vieillard. Il est habillé sans grand soin. Sa chemise est possible, son col, sa cravate, toutes choses que je lui ai achetées ou fait acheter. Mais qu'il est visible que l'on ne vous brosse pas ! Ses mains ne sont pas propres… Cependant, je l'attends, Moi, baignée, parfumée, pansée comme un cheval, astiquée comme un ceinturon… Hélas, je ne comprends rien à cet amour. Si je l'aime, qu'est-ce que cela peut faire qu'il ne se baigne pas ? Qu'il soit un peu vieux quelquefois ? Que son pardessus soit étrange ? Sans doute que je l'aime. Mais je n'ai pas envie de lui... Seulement, je l'ai voulu parce qu'il était ma pensée. »

Le furet de la Pensée universelle « courant d'une capitale à l'autre » la déçoit de plus en plus. « Un petit cœur de manœuvre, un petit feu sous la ceinture et rien dans l'immortel. » Bilan qui attend tout amant qui se défile. Elle dit, elle, plus joliment : « Don Quichotte de l'idée, domestique du réel. »

Il y aura des va-et-vient, mais pour Catherine la rupture va tourner à la libération. C'est bientôt le *Goujat*, *Un penseur d'appartement*, *Un marchand commis voyageur de l'esprit*. Elle pleure et note : « Je vois l'extrême de son intelligence. Le reste de lui : vide absolu. » Ou plus cruelle encore : « Cet esprit incomparable est une âme pauvre et terrifiée de tout. » Elle ne supporte plus qu'à chaque rencontre il ne parle que de lui, de l'Académie, de sa nouvelle puissance – ainsi sont-ils tous égocentriques, aveugles et quêtant les cajoleries. Alors apparaît le *Diable*, le *Sous-Homme*, le *Faux*. Il n'y a pas de grand homme pour sa maîtresse, sauf quand elle s'appelle

Juliette Drouet. Quand c'est une maîtresse femme, comme Catherine Pozzi, le détecteur de mensonge ne laisse rien passer : « J'ai honte de vous, vieillard ironique et glorieux. »

1928, rideau. Cette fois, il ne se relèvera plus.

Après sa mort et sur ses instructions, un bon millier de lettres furent brûlées par un clerc de notaire dans la cheminée de son appartement, en présence de son fils Claude. Valéry en fut meurtri, comme d'un coup de poignard, convaincu d'avoir mis dans cette correspondance le meilleur de lui-même. Tout comme Gide, quand sa femme Madeleine lui fit la même mauvaise manière. Avec l'ordinateur, ce genre de revanche posthume est devenu plus difficile.

Ce qui, chez elle, ne fut pas un geste de rétorsion mais un acte de reconnaissance, c'est ce diamant poétique, en salut final, intitulé *Ave*.

Très haut amour, s'il se peut que je meure
Sans avoir su d'où je vous possédais,
En quel soleil était votre demeure
En quel passé votre temps, en quelle heure
Je vous aimais,
Très haut amour qui passez la mémoire,

Feu sans foyer dont j'ai fait tout mon jour,
En quel destin vous traciez mon histoire,
En quel sommeil se voyait votre gloire,
Ô mon séjour...

Catherine Pozzi aussi fut une mère très attentionnée pour Claude Bourdet, qui sera un des fondateurs du mouvement Combat pendant la guerre. Il sera déporté, en reviendra et écrira l'un des moins complaisants et des plus authentiques témoignages sur la Résistance, *L'Aventure incertaine*. Ce grand gentleman fut l'initiateur de la « nouvelle gauche », anticolonialiste exemplaire et fondateur du *Nouvel Observateur*.

Claude Bourdet, un juste parmi les justes, fils d'une grande dame injuste.

17

Prospective

La règle est que les hommes entrent « dans l'avenir à reculons ». On lui doit la formule, mais elle ne le concerne pas. Il a toujours mis le doigt sur la plaie avant qu'elle ne saigne, qu'il s'agisse des rapports de force entre continents ou des révolutions mentales à domicile. Et le plus drôle, c'est que le devin jugeait la devinette impossible, et ne cessait de moquer prévisionnistes et futurologues parce que l'Histoire « n'enseigne rigoureusement rien, car elle contient tout et donne des exemples de tout ».

> Rien n'a été plus ruiné par la dernière guerre [14-18] que la prétention de prévoir, déclare-t-il aux élèves du lycée Janson-de-Sailly, en précisant : C'est pourquoi je me garderai de prophétiser. Je sens trop, et je l'ai dit ailleurs, que nous *entrons dans l'avenir à reculons*. C'est là, pour moi, la plus certaine et la plus impor-

tante leçon de l'Histoire, car l'Histoire est la science des choses qui ne se répètent pas. Les choses qui se répètent, les expériences que l'on peut refaire, les observations qui se superposent, appartiennent à la Physique et, dans quelque mesure, à la Biologie.

Il a fait lui-même la preuve que, disant cela, coquetterie ou précaution, il se trompait dans les grandes largeurs. On ne saurait lui en vouloir parce qu'il nous a aussi livré la clé de ses réussites dans la prémonition :

> Un homme qui renonce au monde se met dans la condition de le comprendre.

Cette faculté d'analyse et de prévision, on n'en voit pas l'équivalent chez ses contemporains, hormis, peut-être, chez l'auteur de *L'Enracinement*, la philosophe Simone Weil (et certainement, pour ce qui touche à la guerre, maladie incurable, chez Sigmund Freud). On se doute bien que ce grand ennemi des choses vagues ne fréquentait pas Madame Soleil ni les tireuses de cartes, et que son aptitude aux pronostics ne doit rien au troisième œil. Les Cassandre sont en général de mauvaise humeur parce que prêchant dans le désert. D'où le ton amer ou grinçant de leurs mises en garde. Valéry, sauf peut-être à la fin de sa vie, échappe à cette banale amertume et annonce au fur et à mesure ce qui va advenir vingt ans après, sans jérémiades ni roulement d'yeux.

1895. *Le Yalou*. Essai écrit pendant la première guerre sino-japonaise (et publié seulement en 1938). L'auteur se glisse dans la robe d'un Chinois, et plus largement d'un Asiatique. « Tels, nous semblons dormir et nous sommes méprisés [...] Vous nous voyez inertes. » Mais nous avons « une durée plus forte que la force de l'Occident ». Le réveil de l'Asie est annoncé. Valéry le verra confirmé par la défaite russe face au Japon en 1905.

1897. *La Conquête allemande*. Publié à Londres dans la *New Review*, ce texte est une radioscopie de la psyché germanique, à savoir l'esprit de méthode, dont témoigne l'irrésistible montée d'une force industrielle et belliqueuse, notamment sur mer. Celle-ci augure, à brève échéance, dit-il, une confrontation majeure avec l'empire britannique et la *Royal Navy*. Il note dans la même étude que trois jeunes nations feront problème à l'avenir : l'Italie, l'Allemagne et le Japon, soit celles de l'Axe, un demi-siècle plus tard.

1927. *Notes sur la grandeur et décadence de l'Europe* :

> L'Europe aspire visiblement à être gouvernée par une commission américaine. Toute sa politique s'y dirige. Ne sachant nous défaire de notre histoire, nous en serons déchargés par des peuples heureux qui n'en ont point, ou presque point. Ce sont des peuples heureux qui nous imposeront leur bonheur.

Est bien arrivé le *chief happiness officer* dans les entreprises, l'enrôlement par Wall Street de l'ex-président de la Commission de Bruxelles et l'intégration des armées européenne dans l'Otan.

1928. *De l'histoire* :

> Plus nous irons, moins les effets seront simples, moins ils seront prévisibles, moins les opérations politiques et même les interventions de la force, en un mot, l'action évidente et directe, seront ce que l'on aura compté qu'ils seraient.

D'où la vanité des planifications militaires et les mauvaises surprises des interventions occidentales. On aurait aimé que les présidents Bush ou Sarkozy eussent jeté un œil sur ces pages avant d'aller, funestes éléphants, casser la porcelaine en Irak et en Libye.

1929. *Des partis* :

> La politique fut d'abord l'art d'empêcher les gens de se mêler de ce qui les regarde. À une époque suivante, on y adjoignit l'art de contraindre les gens à décider sur ce qu'ils n'entendent pas.

Traduction : il y a eu jadis l'autocratie, il y a maintenant la technocratie. Et l'une n'empêche pas l'autre.

1934. *Au sujet de la dictature* :

> [...] l'État dictatorial installé se résume en une division simple de l'organisation d'un peuple : un homme, d'une part, assume toutes les fonctions supérieures de l'esprit : il se charge du « bonheur », de l'« ordre », de l'« avenir », de la « puissance », du « prestige » du corps national ; toutes choses en vue desquelles l'unité, l'autorité, la continuité du pouvoir sont, sans doute,

> nécessaires. Il se réserve d'agir directement dans tous les domaines, et de décider souverainement en toute matière. D'autre part, le reste des individus seront réduits à la condition d'instruments ou de matière de cette action, quelles que soient leur valeur et leur compétence personnelle.

Et d'ajouter :

> Il est remarquable que la dictature soit à présent contagieuse, comme le fut jadis la liberté.

Elle le fut à l'époque, et semble même assez bien survivre à l'ère totalitaire, comme on le voit en Europe, et dans le reste du monde avec la *démocrature*.

Le grand angulaire a eu ses points aveugles, incontestablement : la question coloniale, le facteur démographique, la singularité communiste, l'importance du cinéma, qu'il n'a pas anticipée, et n'aimait pas, ainsi qu'*À la recherche du temps perdu*, qu'il a sous-estimée. Soit. Il n'y a pas de regard humain à cent quatre-vingts degrés. Mais il a, sous le titre *La Conquête de l'ubiquité*, annoncé la mondialisation et ses effets ; pressenti le zapping généralisé – « l'œil désormais goûte un crime, une catastrophe, et s'envole » ; signalé la mise à niveau du fort et du faible dans l'arène des puissances, selon le « théorème du nivellement » ou « l'égalisation technique croissante des peuples » (ce que confirmera, en 1945, l'atome égalisateur, puis, de nos jours, l'arme numérique dans la cyberguerre). Outre « l'accroissement rapide et fantastique des moyens de communication », il a noté la probabilité d'« une invention imprévue qui peut changer demain toutes les conditions de puissance économique et militaire » – ce sera la bombe d'Hiroshima. Il a deviné « le pivot » vers l'océan Pacifique et, quand le pacifisme ambiant aveuglait les esprits, pronostiqué « une instabilité extrême de l'équilibre mondial » ainsi que « des chances de conflit multipliées », juste avant la Deuxième Guerre mondiale.

Il n'est rien dans le recueil de textes de circonstance intitulé *Regards sur le monde actuel*, paru en 1931, qui ne puisse être daté d'aujourd'hui. Rien qui ne souffle à l'oreille du lecteur éberlué se découvrant à la remorque de tant de remarques :

> Mais pourquoi a-t-on mis tant de temps à appeler un chat un chat ?

La mesure consistant à rendre obligatoire à l'École nationale d'administration la lecture de cet ouvrage d'actualité (avec contrôle par devoir sur table tous les trimestres) sera donc de salubrité publique. Une bonne couverture vaccinale a fait disparaître des maladies naguère fatales, la diphtérie, la poliomyélite et le tétanos. On peut présumer qu'une bonne couverture valéryenne, chez nos candidats aux responsabilités, fera sérieusement baisser, dans la gestion des affaires, les trois maladies que sont l'interventionnisme au-dehors, le présentisme au-dedans et le narcissisme partout.

Bienvenue, donc, à la décision prise par les instances dirigeantes de cette grande école.

18

Le parti pris des choses

Valéry savait bien qu'il existe dans notre microcosme deux genres de personnes, et que ce n'est pas facile de les faire se rencontrer parce qu'elles se regardent en chiens de faïence.

> Le premier mouvement des uns est de consulter les livres, le premier mouvement des autres est de regarder les choses.

Il s'est attelé, seul dans son coin, à cette tâche ingrate : l'aller-retour. Faire des va-et-vient entre le spirituel et le matériel, entre nos pensées et nos appareils, c'est le souci premier du *médiologue*. Valéry ne connaissait pas le mot. Il l'a mis en pratique en reconnaissant dans telle ou telle invention une puissance de transformation des mœurs et des pensées, c'est-à-dire un esprit en acte, dont la propriété, dans ses premiers temps, est de passer inaperçu.

Ce n'était pas courant, à son époque, où il ne faisait pas bon, chez les lettrés, de réfléchir aux artefacts qui ont changé notre relation au temps et à l'espace, tels que le micro, l'appareil photo, la radio, le moteur à explosion. Quand un sage nous montre la Lune, il est, dit la sagesse des nations, idiot de regarder son doigt. C'est l'idiotie propre au médiologue disciple de Valéry, qui n'était pas un technophobe ni un atrabilaire. Il n'accusait pas le progrès, ni le grossier matérialisme, ni les nouveaux barbares, ni la dégénérescence de la race, ni les mauvaises mœurs et autres antiennes de rigueur chez les littérateurs fin-de-siècle. Son contemporain, Paul Léautaud, par exemple, tout le contraire d'un imbécile, ne cesse de stigmatiser, dans son fameux *Journal*, le chauffage central, le métro, le téléphone, les lampadaires électriques, ces œuvres du Diable. Il exècre autant le Front populaire que la TSF, « qui est le summum de l'abrutissement humain », et que la machine à écrire, « qui donne à tout écrit l'aspect vulgaire d'une circulaire ». « Les êtres qui se plaisent dans toutes ces horreurs, cela les juge spirituellement. » Ces pudibonds comiques qui, disant cela, ne jugent qu'eux-mêmes ignoraient qu'il y a beaucoup d'objets dans un sujet, et que chaque époque ajoute à la panoplie existante. L'intelligence humaine étant artificielle depuis l'âge de la pierre taillée, on doit rendre grâce y compris aux premiers grattoirs et tailloirs qui ont permis à l'*homo sapiens* de secouer le joug du naturel. Valéry sait cela. Il ne s'en offusque pas. Il veut obstinément comprendre ce que les outils font à leurs inventeurs, en se concentrant sur ce qui n'intéresse guère les philosophes et encore moins les moralistes, toujours attachés au règne des fins, et insoucieux des moyens. Notre poète, bien moins éthéré qu'on ne le croit, a mis dès le début, sans attendre McLuhan, le Moyen, le Médium, sous observation, comme en témoigne cette lettre de jeunesse à Mallarmé (15 janvier 1894) :

> J'ai simplement songé, cher Maître, à comprendre dans une même *figure* – tout ce qui, en toute chose, est le Moyen – ou depuis la bêche, la plume, la parole, la flûte jusqu'aux fugues et au calcul intégral – une théorie de l'*Instrument.*

L'homme fait presque tout pour n'y plus penser – et s'en servir.

Il n'est pas étonnant que Walter Benjamin, si attentif à la nouvelle ère de la *reproductibilité* technique, ait fait de Valéry son inspirateur. Ce dernier avait vu venir le *mainstream* planétaire des sensations brutes qui allait renverser la table.

> Les œuvres acquerront une sorte d'ubiquité. Leur présence immédiate ou leur restitution à toute époque obéiront à notre appel. Elles ne seront plus seulement dans elles-mêmes, mais toutes où quelqu'un sera, et quelque appareil. Elles ne seront plus que des sortes de sources ou des origines, et leurs bienfaits se trouveront ou se retrouveront entiers où l'on voudra. Comme l'eau, comme le gaz, comme le courant électrique viennent de loin dans nos demeures répondre à nos besoins moyennant un effort quasi nul, ainsi serons-nous alimentés d'images visuelles ou auditives, naissant et s'évanouissant au moindre geste, presque à un signe.

Cette intimité nouvelle entre les sons et la physique a pour conséquence que la musique « est de tous les arts le plus demandé, le plus mêlé à l'existence sociale ». Plus de journées maussades avec la radio, chacun peut choisir le moment de sa jouissance. Certes, un Titien qui est à Madrid ne vient pas encore se peindre sur le mur de notre chambre, mais « cela se fera », dit-il en 1928, où il annonce pour bientôt la naissance d'« une société pour la distribution de Réalité Sensible à domicile », ce qui devait arriver sous le nom d'ORTF. Quel professeur en Sorbonne, à cette époque, s'intéressait à la photo ou au phonographe ? Un prophète le faisait en France, mais il n'était ni professeur ni philosophe, mais autodidacte et historien d'art, Élie Faure, qui sut voir en Charlot l'annonciateur des temps nouveaux. Et un autre, en Allemagne, Walter Benjamin, un auteur alors totalement méconnu, qui s'attacha à traduire Valéry en allemand.

Déceler un univers virtuel « naissant et s'évanouissant au moindre geste », c'était préfigurer la pression d'un pouce sur la touche d'un clavier et l'avènement de la *Petite Poucette*. Ainsi pourra-t-on, annonce-t-il :

> I. Faire entendre en tout point du globe, dans l'instant même, une œuvre musicale exécutée n'importe où. – II. En tout point du globe, et à tout moment, restituer à volonté une œuvre

musicale. Ces problèmes sont résolus. Les solutions se font chaque jour plus parfaites.

De « l'intimité nouvelle de la Musique avec la Physique » il devine bien l'effet pervers : « Déjà, l'on ne peut plus manger ni boire dans un café sans être troublés de concerts » – et c'est un fait que le silence dans les bistrots et restaurants est devenu un luxe hors de prix. De même, se demande-t-il si « une vaste littérature purement auditive et orale ne succédera pas dans un délai assez bref à la littérature écrite qui nous est familière », et le livre audio cinquante ans plus tard est bien au rendez-vous.

Notre veilleur à longue vue pressent l'imminent remplacement de la Beauté au sens classique, comme bonheur stationnaire et contemplatif, par une autre Beauté, fondée sur les valeurs de choc, mouvement, surprise et, craint-il, de hâte extrême. Car il a décelé dans le progrès, en matière d'art comme ailleurs, l'inexorable montée du parti du moindre effort. Ne permet-il pas d'obtenir toujours plus de résultat avec toujours moins de travail et de dépenses, tant physiques qu'intellectuelles ? C'est la prime à la paresse et aux facilités de n'importe quoi. Et de voir bientôt « advenir la notion d'art pur mais en s'évitant la corvée de faire une œuvre et la fatigue d'être un artiste ». M. Jeff Koons en a pris acte et ne voit à cela aucun inconvénient.

19

Est-il bon, est-il méchant ?

Traduction bébête : est-il de gauche ou bien de droite ? N'allons pas pousser trop vite notre imperturbable Monsieur Teste dans le portillon automatique et manichéen. Avec lui, il est sage de savoir compter jusqu'à trois. Cela dit, admettons le jeu des tempéraments, l'optimiste et le pessimiste. Quand on tient que l'homme a une bonne nature, et perfectible, on penche à gauche. Quand on le tient pour une bête sauvage et que c'est sans espoir, on penche à droite. Et il est de quel côté, Valéry ? Du côté pessimiste, incontestablement, donc conservateur. Mais sans conformisme aucun ni sectarisme. On pourrait parler d'un ni-ni, dans le principe, et, dans la pratique, d'un et-et. Il récuse les deux bords, mais ne se fâche avec aucun.

Sans doute est-il l'ennemi de l'éloquence,

des grandes envolées rhétoriques et des galopades dans l'utopie – ce qui l'éloigne de la gauche humanitaire et l'empêcha, par exemple, de se joindre aux admirateurs de Jaurès. Sans doute a-t-il de solides et fâcheux antécédents côté « méchants » : auditeur dans sa jeunesse des cours de Vacher de Lapouge, le racialiste qui mesurait les crânes, d'Édouard Drumont, l'obsédé antisémite, académicien du discours de réception au maréchal Pétain (mais qui passait alors, en 1931, pour un bon républicain) et préfacier, de surcroît, mais de loin, d'un ouvrage consacré à Salazar, le dictateur portugais. Il s'est entretenu avec Mussolini, italianité oblige, mais l'a ensuite décrit comme « un homme quelconque et vulgaire ». Mais il a par chance le pessimisme sceptique, nullement doctrinaire, militant ou prosélyte. Il ne pense pas que l'anthropoïde puisse faire un jour peau neuve, mais ne tient pas la couleur de peau pour un principe de rangement, ni le sexe pour un motif d'exclusion : il a milité pour le suffrage des femmes. Il voit même dans les périodes de décadence le meilleur moment d'une civilisation, le plus fécond et le plus festif. On ne peut certes qualifier d'optimiste un Européen qui se demande, en 1939, « si tout ceci, l'Europe, ne finira pas par une démence ou un ramollissement général ». Mais il sait le danger qu'il y a à s'obséder, comme le faisaient les fascistes, du refrain Décadence. C'est l'avantage de n'être pas un homme entier, qui n'a qu'une idée en tête. Il peut tempérer sa petite roue dans la tête par une autre de sens contraire. Son idéal européen a su raison garder et il n'a pas emboîté le pas à Drieu la Rochelle et aux fanatiques de l'Europe unie qui ont rallié l'Allemagne nazie parce qu'elle promettait d'en finir avec les mesquines souverainetés nationales. Les gens d'une seule idée, comme ceux d'un seul livre, sont toujours dangereux parce qu'ils sont simples. Or tout ce qui est simple est faux, même si « ce qui ne l'est pas est inutilisable ».

Il ouvre sa porte à Jean Prévost, le futur maquisard qui sera abattu dans le Vercors, comme à Robert Brasillach, le futur fusillé à la Libération. Le « en même temps » ne le gêne pas. Il s'en amuse, incapable qu'il est d'épouser les a priori de l'un ou l'autre camp. « Il est clair, écrit-il dans *Orient et Occident*, que la tradition et le progrès sont deux grands ennemis du genre humain », ou encore : « Deux choses menacent le monde : l'ordre et le désordre. » Autrement dit, la droite et la gauche. Raison de plus pour ouvrir sa porte aux deux, pour des entrevues distantes, ironiques, mais souriantes. Et c'est le choix qu'il a fait : il rencontre qui le souhaite. Comme en témoigne Brasillach dans son *Notre avant-guerre* :

« Il me reçut un jour chez lui, il était enrhumé et en robe de chambre, il parlait argot, il me déclara que la femme est l'honneur de l'humanité, il reconnut avoir peu lu d'auteurs contemporains, et regretta la facilité, le laisser-aller d'une époque aujourd'hui révolue. Je regardais, tandis qu'il devisait, ce fin visage cartésien et ridé, et je découvrais dans sa conversation tout un aspect léger, potinier et blagueur, que connaissent bien, paraît-il, ses amis. Je retrouvais aussi quelques idées qui lui étaient chères, exprimées en des phrases vives et sans apprêt.

« – Ce qui est terrible, c'est cette puissance de l'homme sur la matière. On en a eu la tête tournée. Le ciment armé permet de faire tout ce qu'on veut, des terrasses suspendues sur le vide, etc. C'est la fin de la résistance de la pierre. La pierre, on ne s'en sert plus. Fini, la pierre ! Et il ajoutait : – Mais pourquoi toute notre civilisation ne disparaîtrait-elle pas ? Si on continue le mouvement de l'après-guerre, nous y allons tout droit. »

Bonheur de l'ironiste : le moins pour le plus. Un sceptique est quelqu'un qui ne s'énerve pas et n'élève pas la voix. Ses rosseries confraternelles restent de basse intensité (et voir dans le jeune Malraux « un Byzantin de bar » n'avait rien de bien méchant). Dans une époque comme la nôtre, où le ton monte pour un rien, où chacun voit dans son adversaire un ennemi du genre humain, on n'aurait qu'avantage à se répéter chaque matin : « Je hais l'insolence, l'outrecuidance, les injures, les menaces. »

Il y a du mérite à s'en tenir là quand on sait, comme il le dit, que « le monde ne vaut que par les extrêmes et ne dure que par les moyens. Il ne vaut que par les ultras et ne dure que par les modérés ». Peut-être a-t-il choisi de durer en mettant une sourdine à ses férocités. Succédant à l'Académie au fauteuil d'Anatole France, symbole d'une littérature d'agrément et de lieux communs qu'il exécrait, il trouva le moyen de ne pas prononcer une seule fois son nom dans son discours d'hommage. Vous détestez quelqu'un ? Soyez vache : passez-le sous silence. Cela s'entendra.

Comme de juste, les confrères ne lui ont pas rendu la politesse. L'extrême gauche, avec Julien Benda, le traitera après-guerre de « poète de cour », et l'extrême droite, avec Bernard Faÿ, de « disciple attardé de Mallarmé, enfariné de mathématiques et barbouillé de philosophie ».

N'en déplaise à Talleyrand et à son fameux « tout ce qui est excessif est insignifiant », le fait est qu'en politique l'outrance est de bon rapport. En quoi il y avait un risque à ne pas se réclamer, comme notre réactionnaire de progrès, d'une quelconque obédience, à savoir une certaine solitude *post mortem*. N'ayant de place dans aucun Panthéon ni sous aucune pancarte, l'irrégulier n'aura aucun groupe de supporters après lui pour assurer la maintenance et la résonance.

D'où la concise épitaphe qu'il voulait voir inscrire sur sa tombe : « P. V. tué par les autres. » C'est-à-dire par nous, les simplificateurs.

20

L'emmerdeur patenté

Il a eu beau prendre ses précautions, en cachant son jeu du mieux possible, on ne voit pas en effet quel corps de métier pourrait lui manifester sa reconnaissance. Il pratique le jet de pierres ou de grenades, c'est-à-dire de vérités qui ne sont pas bonnes à dire, sur tous les jardins cultivés jusqu'aux plus honorables et respectés.

Aux professeurs d'histoire : *L'historien fait pour le passé ce que la tireuse de cartes fait pour le futur. Mais la sorcière s'expose à une vérification et non l'historien.*

Aux professeurs de philo adeptes du « je pense, donc je suis » : *Tantôt je pense, tantôt je suis.*

Aux juristes qui rêvent que le droit un jour mène le monde : *Le droit est l'intermède des forces.*

Aux réalistes : *Tout état social exige des fictions* (et tout mouvement social, ajouterions-nous, une petite hallucination).

Aux positivistes qui ne croient qu'aux faits : *Que serions-nous donc sans le secours de ce qui n'existe pas ?*

Aux partisans de la force : *La faiblesse de la force est de ne croire qu'à la force.*

Aux libertaires et libéraux : *Liberté : c'est un de ces détestables mots qui ont plus de valeur que de sens ; qui chantent plus qu'ils ne parlent ; qui demandent plus qu'ils ne répondent ; de ces mots qui ont fait tous les métiers.*

Aux âmes tendres : *Le loup dépend de l'agneau, qui dépend de l'herbe. L'herbe est relativement défendue par le loup. Le carnivore protège les herbes.*

Aux gens fiers de penser ce qu'ils pensent : *Il faut apprendre à ne pas croire notre pensée parce qu'elle est* notre *pensée.*

Aux céliniens qui se croient géniaux : *L'injure est le plus facile des lyrismes et le plus traditionnel.*

Aux vieux écrivains : *L'âge fait que l'on finit par pouvoir écrire des choses assommantes.*

Aux férus d'une martingale formaliste : *Une littérature dont on aperçoit le système est perdue. On s'intéresse au système et l'œuvre n'a plus le prix que d'un exemple de grammaire.*

Aux experts officiels : *Un homme compétent est un homme qui se trompe selon les règles.*

Aux révolutionnaires sûrs du caractère inouï et très compliqué de leur entreprise : *L'époux d'une très belle femme, après des années qu'il la goûte, il arrive qu'une laide l'inspire. C'est aussi l'histoire simple de toutes les révolutions dans l'art, et, sans doute, dans la politique.*

Tout cela, et on pourrait continuer sur plusieurs pages, fait des gens vexés et peu désireux de recommander la lecture d'ouvrages intitulés *Choses tues* ou encore *Mauvaises pensées*. Il s'y niche nombre de « fusées » qui ne sont pas des feux d'artifice, comme souvent chez les moralistes en titre, car il y a du répondant sous chaque formule, et toutes pourraient dérouler un tapis rouge d'arguments solides et bien documentés.

D'où l'adage de la survie : pour vivre heureux, vivons cachés.

21

Un parfait Européen

Valéry est un patriote qui a toujours regardé au-delà des frontières.

> Je suis un chauvin pour une patrie en action. Je ne la conçois, la patrie, que relative au système des autres, s'informant d'elles, et s'organisant sans cesse…

C'est pourquoi il s'est fait le commis voyageur d'un grand projet pacifique, comme il en éclôt toujours après les périodes de grands massacres : la Fédération européenne.

Il ne cessa donc d'aller et venir d'une capitale à l'autre, Stockholm, Bruxelles, Zurich, Prague, Vienne, Varsovie, Madrid, La Haye, Rome, Berlin. La feuille de route n'oubliera pas Alger, ni Tunis ni les échelles du Levant. L'Europe, chez lui, est à prendre au sens large. Ce n'est ni l'empire de Charlemagne, et encore moins celle d'un quelconque empereur ou Führer. C'est la circonscription où sont nés Homère, Virgile et Cervantès et où on se souvient plus ou moins de leur passage. Elle a pour point de rencontre et d'équilibre la ville neutre, accueillante et francophone, de Genève (et non Bruxelles, ville à présent anglophone).

Qui peut se dire d'Europe ? Ceux qui en partagent l'esprit, soit tous les peuples pouvant se réclamer de trois fonts baptismaux : Rome, avec ses institutions et son droit ; le christianisme, avec les notions de conscience et de dignité de la personne ; la Grèce, enfin et surtout, qui « nous a distingués le plus profondément du reste de l'humanité » parce qu'elle nous a donné, avec ses axiomes et ses théorèmes, le seul et véritable universel, la science pure. En résumé :

> Partout où les noms de César, de Gaius, de Trajan et de Virgile, partout où les noms de Moïse et de saint Paul, partout où les noms d'Aristote, de Platon et d'Euclide ont eu une signification et une autorité simultanées, là est l'Europe.

Tellement européen, notre bon Français, qu'il suscite l'hostilité au vitriol de *L'Action française* (et de Maurras lui-même). Il y est qualifié, entre autres crimes, de « rapprocheur franco-allemand », ce qu'il fut en effet et à bon escient, chose méritoire pour un latin latinisant. Il n'est pas seulement wagnérien, goethéen et nietzschéen, Thomas Mann est un interlocuteur. Stefan Zweig et Hofmannsthal, des correspondants, l'Autrichien Rilke, un ami et traducteur. Le pionnier du franco-allemand s'est attiré les foudres du chauvinisme en voulant créer, en 1933, une chaire au Collège de France pour Albert Einstein, chassé d'Allemagne par le nazisme. Il l'avait rencontré à Berlin en 1926. Le directeur et propriétaire du *Figaro*, François Coty, a protesté au motif que « le Collège de France n'a pas été créé pour hospitaliser tous les Israélites qui, se croyant persécutés, se targueraient d'une science inaccessible au reste des mortels » (*sic*). Et Einstein a choisi de rester en Amérique. Valéry a d'ailleurs tellement cru à la coopération entre nos deux nations qu'il en est venu, en 1939, à sous-estimer la menace hitlérienne, en jugeant l'Allemagne innocente de son Führer, et le peuple d'outre-Rhin réfractaire, dans ses tréfonds, à ses plans de conquête. Pour une fois qu'il s'est montré optimiste, cela n'a pas marché.

Il ne rêve pas outre mesure. Il en tient pour une *Europe possible*, où les hommes d'État dialogueraient avec savants et penseurs sans œillères chauvines ni idées préconçues. Et, de fait, il parvient à réunir, à Genève, Prague ou Paris, les pionniers et des sciences dures et des sciences molles. « Vous ne pouvez pas abolir le nationalisme, dit-il, si vous ne mettez pas quelque chose à sa place. Et la science offre cette grande chose à quoi les hommes pourraient se raccrocher. » C'est l'optimisme de l'époque qu'il épouse : la part angélique du bon Diable. Le poète-mathématicien est pacifiste et croit dans la Raison comme puissance unificatrice des nations et facteur de paix. Ces années sont celles du Pen-Club, de la diplomatie des lacs, des commissions euphoriques, de la mise hors la loi de la guerre par un traité dûment signé et d'un concours de projets sur la Fédération européenne, une tâche où s'attellent côte à côte des ambassadeurs et des romanciers, André François-Poncet et Jules Romains, un ministre, Aristide Briand, un physicien, Jean Perrin, et un poète-diplomate, Alexis Leger. De grands esprits s'intéressent à la grande politique et les politiques en place vont au théâtre écouter du Giraudoux, lisent Bergson et fréquentent les ateliers. Entre ceux qui pensent et ceux qui gouvernent, Valéry est le premier à jeter des ponts. « Le temps du monde fini commence », il arpente dans tous les sens, infatigablement. Cet âge d'or et d'illusions ne durera pas, mais cela fut, et il n'est pas mauvais de s'en souvenir.

22

Une politique de l'esprit ?

C'est peut-être un cercle carré, cette expression, mais Valéry s'est attelé de grand cœur à ce qu'elle implique, tant étaient fortes son envie de bien faire et son allergie au bla-bla. C'est ce qui l'a amené à mettre sur pied, dès 1922, à Genève, un Comité permanent des lettres et des arts – où l'on peut voir la première mouture de l'Unesco, l'organisation scientifique et culturelle des Nations unies. Celle-ci devait voir le jour, à Paris, l'année de sa mort en 1945. Il en aura soigneusement préparé le terrain, dans le cadre non de l'ONU mais de la Société des nations, son ancêtre direct. Il s'y est consacré jusqu'à son écroulement en 1940, comme à la plus importante et la plus urgente des tâches. Car « la Société des nations suppose la société des esprits et la Société des Esprits n'est pas une fiction. Elle a toujours existé avec une force inégale selon les temps ».

Pourquoi lui donner tant d'importance ? Parce que toute politique implique, fût-ce à son insu, une idée de l'homme, et une représentation du monde. Or un abîme s'est creusé entre l'idée et le fait, entre nos clichés et nos actions, et c'est à combler cet écart très dangereux que devait s'attacher cette Internationale de l'esprit humain.

Cette Unesco avant la lettre ne visait pas la protection du patrimoine ni à labéliser sites et monuments en péril. Son but était plus ambitieux, si le mot *esprit* désigne « une action plus profonde plus intelligente, plus puissante que les autres espèces ». Ce n'est pas ce qu'entendent par là « les artistes, les poètes et les femmes », une entité surnaturelle ou céleste, mais une *puissance de transformation* pratique des hommes et des choses, une dynamique plus qu'une mystique, une mise à feu des possibles dans le réel. C'est en ce sens qu'à ses yeux la pile Volta, ou l'électricité, ou l'introduction de la quinine en Europe ont eu autant d'esprit, ou d'effet, que le pari de Pascal ou l'éthique de Spinoza. Une action efficacement civilisatrice suppose des échanges réguliers entre, d'un côté, des hommes de science et de pensée, et, de l'autre, des hommes d'action et d'État. Le but ensuite c'est de faire agir cette société des esprits sur la société politique, car, dit-il, « l'action exercée sur ceux qui pensent devra retentir sur ceux qui gouvernent ». Un pari difficile. On connaît plutôt l'action inverse, de ceux qui gouvernent sur ceux qui pensent. Ainsi que l'action, sur les premiers, des sondages et des campagnes de presse, mais c'est bien dans ce cadre institutionnel qu'a eu lieu le fameux dialogue, en 1933, entre Albert Einstein et Sigmund Freud sur la guerre et ses causes, échange où, il faut bien le dire, par un étrange chassé-croisé, le vœu pieux idéaliste est du côté du physicien et la lucidité réaliste du côté du psychanalyste.

On peut rêver que vienne à renaître un tel *hub* intellectuel à la fois transdisciplinaire et transnational, à la hauteur des enjeux du moment. On se doute bien, cela dit, que l'annexion du monde politique par le continent Communication, et son oubli de ses devoirs de transmission dans la durée des acquis de la pensée, laisserait peu de place à d'éventuels échanges productifs. La communication opère à partir d'images, non de discours et encore moins de vues à long terme, en sorte que la tête et les jambes ne correspondent plus. Il est permis de penser que des échanges non sur les taux budgétaires ou le gabarit des concombres mais sur les finalités de l'Union pourraient faire le plus grand bien à la Commission de Bruxelles. On ne voit pas qu'elle en prenne le chemin.

Nous parlons bien sûr d'idées, non d'éléments de langage. Valéry est l'ennemi public numéro un de l'emphase, et son entreprise, de type déflationniste. Elle vise explicitement à dégonfler les baudruches habituelles et à définir les mots-perroquets qui parlent à notre place et qu'on fait semblant de comprendre parce qu'ils sont valorisants et n'engagent à rien : Liberté, Modernité, Bonheur, Transparence, Occident, Europe *and so on.*

23

Le pot aux roses

On dit qu'il ne faut pas tourner autour du pot, mais en l'occurrence on ne voit pas comment faire autrement, et Valéry, qui l'a déniché, n'a pas franchement résolu le problème dans la pratique, tout en l'identifiant fort bien dans le principe.

Le problème peut s'énoncer ainsi : la civilisation, c'est à la fois un mensonge nécessaire et une obligation de vérité. La barbarie est l'ère du fait à l'état brut, tandis que la civilisation, qui élève une société de la brutalité à l'ordre, correspond à l'« empire des fictions ». Toute société civilisée repose sur un système fiduciaire, qui nous fait croire en la valeur de notre monnaie, de la Bourse, de nos lois, de nos engagements, de nos tribunaux et de nos traditions. De l'autre côté, un esprit civilisé et digne de notre confiance est celui qui n'a confiance en rien qui n'ait été démontré ou prouvé falsifiable : opinions reçues, coutumes et conventions. C'est le mythe, ou son développement dans « l'action de présence de choses absentes » – essence de toute religion –, qui rend viable une société policée, ainsi que l'explique la *Petite lettre sur les mythes* :

> Que serions-nous donc sans le secours de ce qui n'existe pas ? Peu de chose, et nos esprits bien inoccupés languiraient si les fables, les méprises, les abstractions, les croyances et les monstres, les hypothèses et les prétendus problèmes de la métaphysique ne peuplaient d'êtres et d'images sans objets nos profondeurs et nos ténèbres naturelles.

En d'autres termes, ce qui fait qu'une société tient plus ou moins sur ses pieds, et peut résister à l'entropie du temps, c'est un je-ne-sais-quoi qui a tout d'un presque-rien. Ce sont des représentations assez inconsistantes, logiquement incohérentes, autant d'a priori ou de croyances qui ne résistent pas à un examen sérieux.

On peut alors se demander si, pour un gouvernement soucieux d'efficacité, il ne vaudrait pas mieux mettre les gens qui réfléchissent au trou, dans la mesure où l'esprit critique a pour vocation de dissiper les faux-semblants et les à-peu-près. Or, « dans toute société paraît un homme préposé aux Choses Vagues [...] C'est le prêtre, le mage, le poète, le démagogue ou le héros. Ils construisent de vapeurs des édifices qui ne sont pas solides mais en revanche, qui sont éternels ». L'esprit de Goethe, qui toujours nie, est un mauvais esprit. Il récuse l'ordre établi des crédulités collectives qui permettent aux individus de se coordonner et de se reproduire. C'est un démobilisateur public, dont la mission consiste à tourner en dérision les immémoriales fumisteries qui nous permettent de tenir debout, dans une société organisée. « Aucune société, dit Valéry, ne pourrait supporter une notion nette de ses conditions d'existence » et sortir de l'approximation lui serait rapidement fatal. « Si l'on veut naître, mourir, faire l'amour, il s'y mêle une quantité de choses abstraites et impénétrables. » D'où il ressort qu'un politique responsable doit plutôt veiller à la prospérité des imbéciles puisque ces derniers ont ceci de commun avec les éponges qu'ils adhèrent à des idées vagues, utopies sans base expérimentale ni fondement rationnel. L'entretien de la sottise publique serait donc un devoir d'État, et c'est peut-être le service que nous rendent nos diverses machines à décerveler – télévision, jeux, sport professionnel, bisbilles et chansonnettes, etc. – où des esprits rigoureux ont pu voir naguère, à juste titre, des « appareils idéologiques d'État ».

La conscience qu'avait Valéry de cette difficulté explique sans doute son peu d'empressement à divulguer ses pensées de derrière, dont la moins dérangeante n'est pas celle-ci : le rôle structurant des idées creuses, comme, entre autres, le Royaume de Dieu, la Société sans classes, l'Égalité des chances ou la Paix dans le monde.

On arrête là. Motus et bouche cousue.

24

La banlieue Amérique

Ève, dans l'Ancien Testament, est sortie d'une côte d'Adam, le premier débarqué sur la Terre. L'Amérique est sortie d'une côte de l'Europe, cette princesse phénicienne transportée par Zeus déguisé en taureau sur notre continent, d'où vient que les États-Unis en particulier sont « une nation déduite et comme développée de l'Europe ». Ainsi Valéry voit-il le Nouveau Monde comme une projection du nôtre, un hologramme réussi, plus loin à l'ouest, sans mépris aucun, mais sans considération particulière. Il n'en conteste pas les bienfaits possibles. À la veille de l'invasion nazie, il distingue, dans cette filleule ou cette filiale, comme un canot de sauvetage au loin, où trouver refuge en cas de malheur. En 1938, ce n'était pas mal vu.

> Si l'Europe doit voir périr ou dépérir sa culture ; si nos villes, nos musées, nos monuments, nos universités doivent être détruits dans la fureur de la guerre scientifiquement conduite ; si l'existence des hommes de pensée et des créateurs est rendue impossible ou atroce par des circonstances brutales, politiques ou économiques, une certaine consolation, un certain espoir sont contenus dans l'idée que nos œuvres, le souvenir de nos travaux, les noms de nos plus grands hommes ne seront pas comme s'ils n'avaient jamais été, et qu'il y aura, çà et là, dans le Nouveau Monde, des esprits dans lesquels vivront d'une seconde vie quelques-unes des créatures merveilleuses des malheureux Européens.

C'était deux ans avant que Varian Fry, l'héroïque états-unien, vienne recueillir dans la France occupée la fine fleur de notre culture pour qu'elle puisse recommencer là-bas une deuxième vie.

Au contraire des révolutionnaires conservateurs d'Ordre nouveau et des modérés bon teint comme Georges Duhamel, Bertrand de Jouvenel ou Daniel Rops, Valéry ne partage pas la répugnance classique du vieil Européen lettré pour ce « titan du monde matériel resté lilliputien dans l'ordre de l'esprit ». Il ne franchira jamais l'Atlantique et n'acceptera pas les invitations des Nord-Américains. Quand on habite le centre du monde civilisé, n'est-ce pas, on peut bouder une banlieue, même résidentielle, sans grand dommage. S'y serait-il rendu, dans les années trente, comme Élie Faure, l'historien d'art, qu'il aurait sans doute perçu, dans cette prétendue annexe, un formidable foyer « d'énergie et de brutalité », « un organisme puissant en croissance », « une sève en ascension », bref « les premiers symptômes d'une civilisation originale », et non un simple doublon de la nôtre. Il se serait sans doute rendu compte que, des quatre vertus européennes, deux avaient déjà traversé l'Océan, l'imagination et la confiance, ne restant à demeure que l'esprit critique et le scepticisme, lesquels n'ont jamais suffi à faire une civilisation sûre de ses fondements et de son avenir.

L'espèce a plus d'un produit en magasin et vaines sont les rumeurs d'Apocalypse. Ceux qui voient venir leur propre fin ont toujours tendance à annoncer la fin du monde. Valéry, européen du Sud, faisait plutôt confiance à l'Amérique du Sud pour reprendre la balle au bond. C'est à Victoria Ocampo, riche et belle essayiste argentine, directrice de la revue *Sur*, parfaitement francophone, qu'il écrit, en 1940 :

> La civilisation qui était notre raison de vivre est frappée au cœur même du pays qui la maintenait encore de son mieux.

C'est elle encore qu'il exhortera, du fond d'une France occupée par un dément, à bien préparer le coup d'après (tout en lui demandant par ailleurs de lui envoyer une paire de souliers).

> Vous recueillerez les débris d'une civilisation qui cède aux barbares et à un fou.

Paris est occupé, Buenos Aires est libre. Los Angeles aussi. À eux de reprendre le flambeau.

Valéry se doutait bien qu'arriverait un autre tour d'aiguilles sur le cadran de l'horloge universelle. Le vieil Européen ne pouvait seulement pas s'imaginer son Europe vassalisée, dans la dépendance militaire, culturelle et politique de sa banlieue du Nord. Tant il est vrai que nul, aussi clairvoyant soit-il, ne peut sauter par-dessus son temps.

25

Pour la société du spectacle

Quand on examine et ausculte l'idée de civilisation, on ne peut qu'avoir la plus grande considération pour un lieu dédié, un édifice à part qui constitue au même titre que le Temple, le Tribunal et la Tribune l'un des « monuments de la coordination humaine » : le Théâtre. Ces institutions ont pour vertu première de rassembler et décrocher un public de ses passions et intérêts quotidiens pour l'élever vers des actes symboliques et des gestes fédérateurs, dans un endroit où s'exerce à plein la puissance des images et des mots. Qui répudie la société du spectacle répudie le propre de l'homme. L'étrange capacité que nous avons de distinguer entre la scène et la salle, au mépris de nos instincts les plus impérieux, et de ne pas sauter par-dessus la rampe pour empêcher Othello d'étrangler Desdémone, témoigne de notre aptitude à remplacer l'ère du fait par l'empire des fictions, autant dire à rester civilisés. Le barbare ignore ce dédoublement qui suspend l'instance du réel immédiat et répugne à cette parenthèse imaginaire qui nous arrache à la vie animale et utilitaire au bénéfice d'une illusion acceptée et concertée.

On n'associe pas Valéry à la scène parce qu'on n'imagine pas un poète aussi exigeant, étranger aux trompe-l'œil réalistes, porté sur le boulevard et le vaudeville. Et de fait, l'effet facile, les portes qui claquent et « le mot de théâtre » ne sont pas dans sa veine. Son quant-à-soi se moquant du quant-à-tous, il ne cherche pas les applaudissements – quête qu'il juge propre aux acteurs et à ceux qu'il appelle les écrivains-comédiens, soucieux d'agir sur le client, et donc, peu ou prou, de se modeler sur lui. Il nota un jour dans ses *Cahiers* « le théâtre est mon antipode », au sens banal du terme. Lui restait à explorer l'hyper-théâtre, ou l'anti-théâtre, tout ce qui relève du genre Guignol, le plus noble de tous. Guignol, c'est la cérémonie à l'état pur, sans tirades inutiles, où le geste et la mimique se suffisent à eux-mêmes.

Valéry n'a pas seulement réfléchi sur le papier à l'art dramatique et lyrique, et notamment au « théâtre total » admiré par Mallarmé, celui de son dieu Richard Wagner, l'artiste complet. Il a mis la main à la pâte, comme auteur dramatique, passionné par les Ballets russes et la *commedia dell'arte*, par Jarry et *Ubu-Roi*, la pantomime et les danseurs de Bali. Lui qui appelle à tuer en nous la marionnette jouait volontiers aux marionnettes pour ses enfants. Même s'il eut dans ce domaine plus de projets et d'ébauches que de réalisations, il a affronté l'épreuve de la scène, stimulé ou accompagné par des musiciens. Version opéra, il y eut *Amphion*, mélodrame lyrique, musique de Honegger. *Sémiramis*, dans la même veine, cérémonie en trois actes, deux poèmes chantés qui font la part belle aux voix et à la partition. Un livret, pour *La Cantate du Narcisse*, musique de Germaine Taillefer. Et il y eut, à la fin de sa vie, sa dernière œuvre, *« Mon Faust »*, une pièce de pur théâtre demeurée inachevée, où Lust, une jolie secrétaire, vient sauver Faust, son patron, du désespoir.

Ceux qui ont pu voir au théâtre Édouard-VII Pierre Arditi et Bernard Murat jouer *L'Idée fixe ou Deux Hommes à la mer* comprennent pourquoi le grand Jouvet a tant insisté auprès de notre pince-sans-rire pour qu'il lui donne une pièce. Le goût de la conversation et des parties de tennis favorise les duos inopinés et savoureux, drôles et profonds, comme celui-là, entre un homme d'esprit, penseur à la dérive, mal guéri d'une crise amoureuse, et un homme de l'art, médical en l'occurrence, en vacances au bord de la mer, qui pêche, peint et rêvasse. Soit « Moi » et « le Docteur » (*L'Idée fixe* fut une commande du corps médical). Les deux personnages devisent sur le rivage, avec l'excitant maritime, mais les pieds au sec, entre des roches et des blocs de béton. C'est le bienfait d'une pensée en mouvement – loin de tout système arrêté – que de se prêter à des tête-à-tête pleins d'imprévu. C'est *Le Neveu de Rameau*, *Le Souper* de Brisville, entre Fouché et Talleyrand, Vladimir et Estragon chez Beckett. Dès lors que l'esprit se libère de sa misère quotidienne pour se laisser aller, sans intérêts particuliers, sans rien à démontrer, dès lors qu'il reste une aventure incertaine, il est prêt à faire la fête sur les planches.

Souhaitons longue vie à la distanciation théâtrale. Elle témoigne que des êtres affairés à leur survie sont capables de prendre du champ par rapport à ce qu'ils sont et font dans la vie. Ce qui nous protège de l'obscène immédiateté animale, c'est la société du spectacle. Gardons-nous bien de la dénoncer. Ce serait plus qu'une bévue, un suicide.

26

Éros énergumène

Un jour qu'un de ses collègues de l'Académie, l'abbé Bremond, l'apostrophait d'un : « Vous êtes de plus en plus intellectualiste », notre Cassandre lui répondit : « Oui, on va vers la Bêtise ou bien vers l'Intellect. » C'était en 1927, et la Bêtise attendait l'Intellect au coin du bois. La bêtise ou l'amour, son masque préféré. Mauvaise surprise pour qui se prétendait « l'ennemi du Tendre », en guerre constante « contre la partie sensible et vulnérable de son être ». N'était-ce pas le serment qu'il s'était fait à Gênes, arracher la vie de l'esprit à la chair ? « Amours, joies, angoisses, tous les sentiments m'épouvantent et m'ennuient. » Et de renchérir : « L'amour consiste *à pouvoir être bêtes ensemble* ; l'amitié, de pouvoir être intelligents ensemble. » Valéry, pour qui un homme seul est toujours en mauvaise compagnie, disait tout devoir à ses amis et n'aurait rien dû devoir à ses amours. « Son cerveau l'empêche d'être heureux », disait Gide de lui, et Degas le traitait d'ange. Un ange, tôt ou tard, a vocation à faire la bête, si possible à deux dos. Il y avait eu le démon de midi avec Catherine Pozzi.

> Car j'ai vécu de vous attendre,
> Et mon cœur n'était que vos pas.

Un crève-cœur pour qui se serait voulu sans cœur. Et minuit approchant, vient une très belle sculptrice, Renée Vautier, qui le fit poser pour un buste, en 1931. Il la surnomme Néère.

> L'amour naissant, note-t-il dans ses *Cahiers*, donne le plaisir de commencer à différer de soi-même – de se trouver autre, imprévu et tendrement.

Mais elle en aime un autre, et l'avoue assez vite. Et lui de répondre :

> Comment est-il possible d'aimer tant et de ne pas se faire aimer ?

Il aura beau rôder autour, cet amour resta platonique, ce qui ne lui plut guère :

> Je n'en peux plus de vous chérir. C'est autre chose que d'aimer. C'est l'émotion absolue que cause un être – comme certaines musiques, mais pour de vrai, c'est-à-dire illimitée.

Persuadé qu'à son âge on ne peut aimer et être aimé qu'en songe, il note : « L'angoisse est mon véritable métier. » Et les réminiscences.

> Les cris aigus des filles chatouillées,
> Les yeux, les dents, les paupières mouillées,
> Le sein charmant qui joue avec le feu,
> Le sang qui brille aux lèvres qui se rendent,
> Les derniers dons, les doigts qui les défendent,
> Tout va sous terre et rentre dans le jeu !

Jamais à court de jeux fatals, c'est Jeanne Loviton, Jean Voilier de son nom de plume, qui sera sa nouvelle détresse. Six cents lettres d'amour, de 1937, première rencontre, à son dernier souffle, en 1945. Certaines sans périphrases :

> Ma beauté, je t'entoure de mon amour, je te souris, je te caresse, je te parle de tout mon être,

> je te regarde, je te touche, je te goûte, je te hume, je te mange, je te croque, tous les morceaux sont bons, je passe maintenant par-dessous, c'est ma coutume et je fais le tour de toi, et reviens au jardin…

Éros doit s'épancher jour après jour pour « jouer à colin-maillard dans l'espace du sentiment ». Avec pour ultime dépositaire de cette tendresse dont il avoue avoir un besoin infini, cette avocate écrivaine, aventurière et femme d'affaires, qui se dérobe à la prise, ayant d'autres cordes à son arc. On pense à Brassens. « Une jolie fleur dans une peau de vache, une jolie vache déguisée en fleur. » Elle s'est au début jetée sur lui parce qu'elle en avait besoin pour sa carrière ; elle le repousse parce qu'elle a trouvé mieux ailleurs, plus jeune, mieux introduit, l'éditeur Denoël. Ce qui le désespère.

> Je deviens fou de penser à toi. Je dis « fou » car cette obsession se fait anormale. Ce matin, j'en étais malade ; je te voyais et te touchais. Et cet état était autre que sexuel. Un besoin criant de tes mains, de tes bras, de te tenir, d'être tenu par toi, de te respirer, respirer avec toi.

Jusqu'à vouloir se jeter par la fenêtre quand elle lui annonce son mariage avec l'autre, le grand éditeur et aussi collabo, qui sera peu de temps après assassiné ou exécuté, en pleine rue – quand elle l'accompagnait un soir au théâtre.

> Tu étais entre la mort et moi. Mais hélas, il paraît que j'étais entre la vie et toi.

Quand un pudique se déboutonne, il enlève tout. Quand un distant se décongèle, il a quarante de fièvre. Et quand Jeanne ne répond pas à ses lettres, il lui signale que, sans elle, il a « froid dans la peau, dans l'âme, dans l'intellect ».

> La fenêtre me tente, aie pitié de moi en détresse. J'ai été aux limites de je ne sais quoi pendant plus d'une heure. Vraiment, l'enfer.

Le 22 mai 1945, une dernière lettre où il se déclare vaincu et décidé à en finir. Non sans un ultime état des lieux, dernière page de ses *Carnets*, écriture tremblée.

> Où je me résume. J'ai la sensation que ma vie est achevée – c'est-à-dire que je ne vois rien

à présent qui demande un lendemain. Ce qui me reste à vivre ne peut plus désormais être que du temps à perdre. Après tout, j'ai fait ce que j'ai pu. 1° Je connais assez mon esprit. Je crois que ce que j'ai trouvé d'important – je suis sûr de cette valeur – ne sera pas facile à déchiffrer dans mes notes. – Peu importe. – 2° Je connais *my heart*, aussi. *Il triomphe. Plus fort que tout*, que l'esprit, que l'organisme. – Voilà le *fait*. Le plus obscur des faits. Plus fort que le vouloir vivre et le pouvoir comprendre est donc ce sacré C. – « Cœur », c'est mal nommé. Je voudrais au moins trouver le vrai nom de ce terrible résonateur.

Le cœur à nu. Et c'est quoi, un cœur ? Réponse deux lignes plus bas :

Le cœur consiste à dépendre.

Rien à ajouter.

27

Président de la République ?

Et la débâcle, non celle de l'amoureux mais de la France, dans quel état va-t-elle plonger notre maître-esclave ? Elle la laisse à l'écart, en Bretagne et, sur le plan politique, mi-attentif, mi-attentiste. Il a fondu en larmes en écoutant Pétain annoncer l'amnistie à la radio, mais il se sent trop vieux et dévasté pour rejoindre la dissidence, et quand Jean Moulin, alias Rex, demandera, en décembre 1942, au jeune résistant Claude Bourdet, alias Lorrain, le fils de Catherine Pozzi, de contacter les deux gloires nationales que sont Gide et Valéry pour obtenir leur adhésion ouverte à la France libre, il ressentira leur dérobade comme une défection. Valéry se dit de cœur avec le général rebelle mais jugerait inélégant de se dresser ouvertement contre le maréchal qu'il a accueilli sous la Coupole.

Cela dit, au cours des années noires, il est plus d'une fois sorti de sa retraite pour narguer la censure (après avoir, comme la plupart, fait crédit à Pétain quelque temps). Il s'est empressé, à la mort de Bergson, philosophe d'origine juive, d'exalter sa mémoire dans un vibrant éloge public ; il a fait échouer l'adoption par l'Académie française d'une adresse louangeuse à Pétain, après sa rencontre avec Hitler à Montoire ; il est intervenu dès 1940 pour faire échapper à la peine de mort Boris Vildé, animateur du réseau du Musée de l'Homme. Il a participé en 1943 à une anthologie de la Résistance, *Domaine français*, publié en Suisse, et coprésidera, en mars 1945, une manifestation parisienne aux côtés de François Billoux, dirigeant communiste.

Rien de flamboyant, certes, mais un magistère inentamé, faisant de lui une sorte de résistant par destination et salué comme tel par de Gaulle dès son retour à Paris, où il le convie à dîner au ministère de la Guerre d'où il dirige les opérations. Et qui répondra, peu après, à l'envoi de son *Faust* dédicacé par bien plus qu'un accusé de réception : « Mon cher maître, consacré à un grand sujet d'un grand nom, ce livre présente pour moi un prix tout particulier. Je vous remercie de m'en avoir fait l'hommage. Et vous prie de croire, mon cher maître, à mes vifs sentiments d'admiration très dévouée. »

De Gaulle savait-il qu'il s'adressait, en sa personne, à un ex-futur président de la République ? C'est la fonction à laquelle le destinait Jean Moulin, président du Conseil national de la Résistance, quand il réfléchissait à voix haute aux institutions de la IVe République à mettre en place après la Libération. Il en formula le souhait devant Daniel Cordier, son secrétaire, qui nous rapporte ses propos :

« "Faut-il rétablir un régime parlementaire, style IIIe République, ou inventer un régime présidentiel proche du modèle américain ? Dans la première hypothèse, doit-on renforcer les pouvoirs du président du Conseil, en cantonnant le président de la République à un rôle de symbole de l'unité nationale ? – Dans ce cas, dit Rex, il faudra choisir un intellectuel comme président."

« Après un temps, il ajoute : "Son rôle politique sera aussi effacé que celui de ses prédécesseurs, mais, après ces années misérables, la France aura besoin de retrouver son éclat culturel. Pourquoi pas Paul Valéry ? Peut-on espérer mieux pour le rayonnement de la France ?" »

C'est encore en ouvrant le *Journal* d'Hélène Berr, notre Anne Frank parisienne, à la première page – « mardi 7 avril 1942, 4 heures » – qu'on peut mesurer le prestige du vieil homme auprès des jeunes et des sans-grade. Elle a vaincu sa peur pour traverser Paris, avec son étoile jaune, jusqu'au domicile de Valéry, 40, rue de Villejust, rien que pour y recueillir un ouvrage dédicacé.

« "Est-ce que M. Valéry n'a pas laissé un petit paquet pour moi ?" (Tout de même, de loin, je m'étonnais de mon aplomb, mais de très loin.) La concierge est rentrée dans sa loge : "À quel nom ? – Mlle Berr." Elle s'est dirigée vers la table. Je savais d'avance qu'il était là. J'ai dit : "Merci beaucoup !" Très aimablement, elle a répondu : "À votre service." Et je suis repartie, ayant juste eu le temps de voir que mon nom était inscrit d'une écriture très nette, à l'encre noire, sur le paquet. Sur la page de garde, il y avait écrit de la même écriture : "Exemplaire de Mademoiselle Hélène Berr" et au-dessous : "Au réveil, si douce la lumière, et beau ce bleu vivant. Paul Valéry. ”

« Et la joie m’a inondée, une joie qui venait confirmer ma confiance, qui s’harmonisait avec le joyeux soleil et le ciel bleu tout lavé au-dessus des nuages ouatés. Je suis rentrée à pied, avec un petit sentiment de triomphe, à la pensée de ce que les parents diraient, et l’impression qu’au fond l’extraordinaire était le réel. »

Et le réel, ce fut pour elle, déportée, Bergen-Belsen, où elle est morte quelques jours avant la Libération.

28

Un dernier mot avant de partir

En mai 1945, au futur prix Nobel de littérature, le poète anglais T.S. Eliot, qui vient le visiter chez lui à Paris, il confie : « L'Europe est finie. » Et précise, quelques semaines avant sa mort, dans une allocution enregistrée à la radio sous le titre « L'avenir de la civilisation » :

> [L'Europe] vient de perdre sa domination séculaire sur l'ensemble du monde [...] il y a lieu de se demander, et ceci dans toute l'étendue de l'univers spirituel, si la continuité de la civilisation occidentale pourra être assurée et en particulier celle de la civilisation méditerranéenne, et si nous ne sommes pas arrivés à quelque état de décadence analogue à celui qui a atteint les civilisations successives dont nous parle l'Histoire [...]. (*23 mai 1945.*)

Quelques années avant le lancement de la « construction européenne », la bévue semble grosse. Elle opérait, comme d'habitude, aux rayons X : prémonitoire, et pour lui déchirante. C'est l'horizon de son ministère public qui s'effondre. Ne s'était-il pas consacré sa vie durant à la transformation d'une culture européenne en un corps politique, et politique parce que spirituel ? Non au sens de l'Europe chrétienne dont avaient rêvé en leur temps Henri IV et son ministre Sully ; ni de l'Europe comme extension de la France républicaine au Continent qu'avait rêvée Victor Hugo. Ni au sens d'un espace de libre-échange mais de libre création, où pouvaient converser, sur un pied d'égalité et chacun dans sa langue, comprise par ses interlocuteurs, Rilke, Pirandello, Ortega y Gasset, le Britannique Goldsworthy et Stefan Zweig. La fin est celle d'une civilisation qui avait jusque-là non assisté mais présidé à la préparation de l'avenir. Valéry ne pensait pas marché unique, mais esprit unique, c'est-à-dire singulier par sa diversité même.

C'est un géopoliticien. Il n'est pas assez idéaliste pour croire qu'un esprit peut survivre intact à un écroulement industriel et militaire. Il voit bien que l'Europe a perdu son rang et avec sa suzeraineté, sa distinction et sa confiance en soi. Il la voit exsangue, épuisée par cette guerre de trente ans, submergée par un Nouveau Monde irrésistible, impérial, celui du vainqueur anglo-saxon, dont l'assiette ne sera plus méditerranéenne mais atlantique. Le centre de gravité s'est déplacé. Rome mais plus dans Rome. Il a pressenti que la *pax americana* créerait, sous le nom d'Occident, un bloc où l'Europe ne serait plus *dominium* mais *dominion*, non plus maîtresse mais élève. Avec une autre échelle de valeurs, un transfert de pouvoir du politique à l'économique, où l'intérêt matériel deviendrait sa propre fin, et le comptable, roi. Ce qui changerait désormais la face du monde, ce serait une nouvelle venue, la fille émancipée de l'Europe devenue à son tour mère des arts, des armes et des lois, protectrice et marâtre, selon une loi invariante de l'Histoire. Il est aussi difficile de dire quel jour exactement l'Europe est morte que de dire quel jour elle est née ; il y a des acquis irréversibles, des effets de traîne, des institutions plus ou moins durables. Les perdants continuent de faire des enfants, de s'amuser, de fabriquer des voitures, des poèmes, des films et des parlements, bref de faire rouler les trains et même de beaux et grands trains d'illusion. Reste qu'il y a un jour où Carthage est prise, où la grande Armada sombre dans la tempête, où les troupes nazies défilent sur les Champs-Élysées. Chacun peut également périodiser le solstice d'été et l'équinoxe d'automne.

« Nous autres civilisations, nous savons maintenant que nous sommes mortelles », avait-il prévenu en 1919. En 1939, à la veille de la guerre, quand existait encore l'horloge parlante, il écrit : « "Au quatrième top" – il sera exactement… la fin d'un monde. » Sauf que l'Europe n'est pas *le* mais *un* monde parmi d'autres. Chaque *caput mundi* prépare son propre abaissement, c'est-à-dire sa succession, en communiquant à une banlieue plus vaste et plus peuplée ses moyens de puissance. L'Europe, qui les a reçus de l'Orient, les a refilés, si l'on peut dire, cinq ou six siècles plus tard, à l'Amérique du Nord, laquelle les voit aujourd'hui filer en Chine et en Asie, à son corps défendant. C'est le jeu, et Valéry le connaît. Il l'avait lui-même fort bien décrit. Rien ne meurt, tout se transforme. Il y a toujours un après, ailleurs, pour faire rebondir la balle humanité.

Et puis, tout bien pesé, quitter cette terre au moment où l'Europe sort de l'Histoire, ce n'est pas, pour un Européen, un si mauvais sort. C'est en tout cas s'éviter un crève-cœur.

29

Fleurs et couronnes

De quoi Valéry était-il donc le nom pour que le chef du gouvernement provisoire, le général de Gaulle, apprenant sa mort, le 20 juillet 1945, décide aussitôt non un simple hommage officiel mais des funérailles nationales, honneur suprême jusqu'alors réservé aux maréchaux, Foch et Joffre ? Certainement pas de l'amour fou.

Devant qui l'homme du 18 juin vient-il s'incliner, sur l'esplanade du Trocadéro – catafalque tricolore, marche funèbre, garde d'honneur, cuivres et tambours ? Devant ce qu'il y avait de plus respectable en France. Devant celui en qui T.S. Eliot voyait « le symbole du poète de la première moitié du XXe siècle », car, ajoutait-il, « ce n'est pas Yeats, ni Rilke, ni personne d'autre, c'est lui ». Ce n'était pas un héros tombé au champ d'honneur. C'était l'incarnation, sous les dehors d'un homme ordinaire, du rôle encore extraordinaire des Lettres dans la République française, et des honneurs qu'on jugeait dus, à cette époque, aux entreprises de l'esprit et aux pionniers de la science.

Fussent-ils décédés à la Libération, Maurice Chevalier ou Tino Rossi n'auraient pas fait l'affaire. Ni telle ou telle idole des jeunes, Américain manqué ou dieu du stade. En quoi les Français déprimés pouvaient-ils alors se rencontrer, se retrouver, se rehausser, sinon dans la hauteur symbolique du Verbe, clé de voûte d'une nation qui avait fait d'un poète difficile, dans l'entre-deux-guerres, son ambassadeur plénipotentiaire dans toute l'Europe ? Les tréteaux et l'écran avaient, à de rares exceptions près, fait gros dos sous l'Occupation, quand ils n'avaient pas collaboré ; les gens de lettres, plus partagés, avaient nourri une éclatante résistance intellectuelle, chèrement payée. Desnos, Éluard, Vercors, Aragon, Jean Prévost, Cavaillès et tant d'autres… Les poètes, parmi eux, occupaient le premier rang, comme on peut le voir dans le journal intime de Daniel Cordier – non encore publié.

Un jour d'hiver 1942, Jean Moulin lui rend visite dans sa chambre à Lyon, où traînent beaucoup de livres, Pascal, Rimbaud, la Bible et *Les Décombres* de Rebatet. La parole à Daniel Cordier :

« Je n'ai pas le temps de lui faire part de mon dégoût pour le pronazisme affiché dans la suite du livre qu'il sort déjà du rayonnage les *Morceaux choisis* de Valéry : "Vous aimez Valéry ?" Je confesse que, si j'ai une passion pour ses essais, il n'est pas mon poète préféré. J'admire Apollinaire, Baudelaire, Rimbaud, Péguy. Je connais par cœur nombre de leurs poèmes, alors que, de Valéry, je n'ai retenu aucun vers. "C'est pourtant le plus grand !" coupe-t-il avant de s'élancer sans aucune gêne :

Soleil ! soleil !... Faute éclatante !
Toi qui masques la mort, Soleil,
[...]
Tu gardes les cœurs de connaître
Que l'univers n'est qu'un défaut
Dans la pureté du Non-être !

« Je suis médusé : je n'ai jamais entendu réciter de poèmes de Valéry. La voix chaude et familière de Rex me révèle la splendeur de ces vers, qui m'apparaissent pour la première fois dans tout leur éclat. Je suis envahi par un ruissellement de lumière. Comme nous sommes loin de la guerre ! Je regrette d'être obligé de l'accompagner au dîner tant j'ai hâte d'être seul pour relire ces vers surprenants, qui m'avaient rebuté autrefois.

« En quittant ma chambre, il lance dans l'escalier : " C'est très sympathique. " Qu'aurait-il dit s'il avait su que cette pièce d'apparence paisible était une poudrière : j'ai caché dans la penderie une partie du budget en coupures étrangères, sous le fauteuil mon poste de radio et sous le matelas mon revolver… Il ajoute : " Parmi vos Valéry, je n'ai pas vu *Regards sur le monde actuel*. Vous n'aimez pas ? – Je ne l'ai pas lu. – Il contient peut-être ses meilleurs essais. Je vous recommande particulièrement 'La Liberté de l'Esprit' et 'L'Europe'. Tout est dit sur les problèmes que nous affrontons. Lisez aussi 'La Dictature' et 'Le Progrès'. Je suis sûr que vous aimerez sa clarté, après laquelle nous courons tous et qui ordonne la complexité du monde. "

« Je comprends mieux pourquoi il a songé à en faire un président de la République. »

Daniel Cordier confesse un petit retard à la compréhension. Vraiment peu de chose à côté du nôtre – qui écarquillons les yeux à la pensée qu'il fut un temps pas si lointain où un esprit aussi altier, n'ayant jamais exercé le moindre mandat public ni participé aux joutes du forum, ait pu être pressenti pour faire chef de l'État. Le temps passe vite.

30

Purgatoire

Inhumé à sons de trompes, le célébré n'aura pas à attendre longtemps la cognée du successeur. Et le dédaigneux, le dédain de la génération suivante. La Nouvelle Vague, après guerre, est existentialiste, engagée, et plus intéressée par les dernières nouvelles que par les Immortels. Le côté distant et tenu du personnage, son extérieur, n'a rien pour lui plaire. Sa poésie regardait vers l'arrière sans honte aucune, fière de défier, « ce goût puéril du nouveau ». On pouvait entendre par là « l'esprit nouveau » incarné par Apollinaire et dont le surréalisme avait été l'enfant terrible. Déjà, Cocteau, dans son *Journal*, avait accroché le grelot du « poète qui n'a pas de démons » en évoquant « un précieux almanach de devinettes, mots croisés, charades, rébus et autres jeux de l'esprit, gravement orné d'une apparence d'énigmes. » Mais c'est la pionnière du Nouveau Roman, la championne de « l'ère du soupçon », Nathalie Sarraute, qui procéda ouvertement à l'exécution dans un essai publié aux *Temps modernes*, en janvier 1947, sous un titre facétieux, *Paul Valéry et l'Enfant d'Éléphant*.

« Académicien glacé, grâces guindées, minauderies prétentieuses de vieille coquette, stuc néoclassique, artifices et pastiches, laborieuses variations, mièvres affèteries. » Elle n'y est pas allée de main morte. Et de citer *in fine* Alceste moquant le sonnet du petit marquis. « Franchement, il est bon à mettre au cabinet ; / Vous vous êtes réglé sur de méchants modèles, / Et vos expressions ne sont point naturelles. » Ce renoncement au primesautier, Valéry en avait fait un métier et une méthode, avec une poésie méditée, distillée et même déshydratée jusqu'à la provocation. « La véritable condition d'un véritable poète est ce qu'il y a de plus distinct de l'état de rêve », ou encore : « Là où il n'y a pas de gêne, il n'y a pas de plaisir à écrire. » Même s'il sut, mieux que personne et de même que Mallarmé, rendre l'abstrait velouté et l'idée pure sensuelle et sensorielle – « comme le fruit se fond en jouissance / Comme en délice il change son absence » –, sa paroisse n'était pas du côté d'Artaud et des cris écrits. Son ciselé est des plus mélodieux mais la Libération, des mœurs et des règles, exigeait un ton plus direct, plus émeutier. Et c'est bien la sensation de ne plus être de son temps qu'avait Valéry lui-même quand il relisait ses vers anciens, et concluait : « Tout ce que j'ai fait n'a aucun intérêt. Ça manque d'inattendu. Ça manque de pauvreté. » Et on est parfois tenté de lui donner raison. Julien Gracq, qui l'admirait, ne pouvait s'empêcher de pointer, venu de Mallarmé, « un défaut de matière interstitielle et conjonctive », je dirais un trop de molécule pour un trop peu d'excipient d'où, je cite, « un gavage sémantique congestif ». Un trop de sens, comme il y a des desserts trop sucrés.

Que répondre à cette critique ? Qu'il n'est pas sûr que le chaud résiste mieux que le froid, et le spontané que le contrôlé. La mémoire collective témoignerait plutôt de l'inverse. L'écriture automatique, cette entreprise paradoxalement sophistiquée, a quitté la place sans laisser de traces, alors que les valeurs sûres du vers classique ont pu faire fonction de fixatif. C'est une mnémotechnique qui tient encore certaines reliques en rumeur, sans en faire des vieilleries. Il y a finalement très peu de vers qui flottent ou surnagent dans nos têtes. *Mignonne, allons voir si la rose* ; *Ariane, ma sœur, de quel amour blessée* ; *L'ombre est noire toujours même tombant des cygnes* – Ronsard, Racine, Hugo. Valéry fait partie du lot. « Créer un poncif, c'est le génie, disait Baudelaire, je dois créer un poncif. » On dirait aujourd'hui un tube. Le créateur du surréalisme n'en a créé qu'un, c'est le mot surréalisme lui-même, mis à toutes les sauces, mais de quelle autre rengaine peut-on le créditer ? Quelque chose comme « l'œil était dans la tombe et regardait Caïn », ou bien « j'ai plus de souvenirs que si j'avais mille ans » ? Combien d'entre nous pourraient citer de mémoire un poème ou une stance d'André Breton (qui a bien d'autres mérites par ailleurs) ? Mais je parie qu'il y a encore des baigneurs qui vont plonger dans l'eau froide au mois d'août en apostrophant leur copine réticente avec un « Courons à l'onde en rejaillir vivant ! », qui ponctue le final du *Cimetière marin.*

Non, Non !... Debout ! Dans l'ère successive !
Brisez, mon corps, cette forme pensive !
Buvez mon sein, la naissance du vent !
Une fraîcheur, de la mer exhalée,
Me rend mon âme... Ô puissance salée !

Courons à l'onde en rejaillir vivant !

Oui ! Grande mer de délires douée,
Peau de panthère et chlamyde trouée
De mille et mille idoles du soleil,
Hydre absolue, ivre de ta chair bleue,
Qui te remords l'étincelante queue
Dans un tumulte au silence pareil,

Le vent se lève !... Il faut tenter de vivre !
L'air immense ouvre et referme mon livre,
La vague en poudre ose jaillir des rocs !
Envolez-vous, pages tout éblouies !
Rompez, vagues ! Rompez d'eaux réjouies
Ce toit tranquille où picoraient des focs !

Gide n'avait-il pas raison de dire que « l'art vit de contraintes et meurt de liberté » ?

31

Péripéties

La vitalité des grands morts a son baromètre, qu'on peut appeler un postéromètre. Ses gradations se lisent à l'œil nu : nom de rues et de places, cotation sur le marché bibliophile, nombre des thèses de doctorat, parrainage des promotions à l'ENA. Pour Valéry, un classique par excellence, de ceux qu'on étudie en classe, le fronton des lycées d'enseignement général et technique donne une indication. Il n'y a que deux lycées qui portent son nom en France, l'un à Sète, normal, sa ville natale, l'autre, à Paris, dans le XIIe arrondissement. Le choix des communautés territoriales ne ment pas. Saint-Exupéry en a treize. Camus en compte six et Sartre, un seul (ce qui, en un sens, clôt le débat entre l'essayiste et le philosophe). Encore ces actes de baptême public remontent-ils aux années 1960, avant l'attrape-tout de la culture marchande suite au bond technologique de l'image et du son. S'est alors vu expédié dans les limbes savants de l'Université ce qui sera disqualifié par la sociologie comme haute culture et joujou d'héritiers.

Il est clair qu'en dépit des Journées que lui consacre chaque mois de septembre le musée qui porte son nom à Sète, Valéry n'est plus tête de gondole chez les *happy few*, commentateurs ou chroniqueurs. René Char l'a remplacé dans les copies des candidats à l'ENA, et chaque fois qu'il faut se pousser du col avec des citations valorisantes. *Métal hurlant* a blessé *La Jeune Parque* à mort ; et la contre-culture, devenue rectrice et directrice, a mis en haut ce qui était en bas, et vice versa. Et qui ose parler en ces termes, haut et bas, est déjà un malpropre.

Cet éloignement doit être regardé de plus près. Il y a, en fait, un auteur qui s'en va et un autre qui arrive. Le prescrit s'éloigne, le proscrit tient la route.

Notre devin l'avait vu venir, ce chassé-croisé. « L'homme sait ce qu'il fait. Mais il ne sait ni comment il a fait ce qu'il a fait ni ce qu'a pu, ou pourra faire, ce qu'il a fait. » Et il vaut mieux pour lui ne pas le savoir, car cela risquerait de le vexer profondément. Valéry se doutait bien qu'il ne ressortirait pas intact de son catafalque, mais il eut sans doute été surpris que le sosie qui lui survit soit celui qu'il rangeait dans ses tiroirs, le jugeant sans doute peu recommandable.

C'est la norme, ce cul par-dessus tête. Ce qui reste d'un artiste après sa mort (et peut-être aussi d'un homme d'État, pensons à Mitterrand, qui n'est plus le même après ses *Lettres à Anne* et son *Journal*) est rarement ce qu'il tenait pour sa part la plus haute, la plus digne de mémoire. Diderot existe pour nous par *Le Neveu de Rameau*, non par l'*Encyclopédie*. Benjamin Constant eût été très fâché d'apprendre qu'il ne resterait rien de sa philosophie religieuse (un pavé en trois tomes), fort peu de ses écrits politiques, mais qu'il devrait sa survie à *Adolphe*, une parenthèse, et à ses *Journaux intimes* ; et Chateaubriand aurait fort mal pris le naufrage corps et biens des *Natchez* et du *Génie du christianisme*, enfoncés par les *Mémoires d'outre-tombe*, à ses yeux un complément d'information. Les arts plastiques ont l'habitude de ce genre de subversion par inversion du regard d'une génération à l'autre. Le Degas que nous célébrons nous retient plus par ses pastels sur papier ou ses études au fusain que par ses grandes huiles sur toile, quoique pleinement abouties. Le Valéry qui nous est proche, c'est le plus tremblé et le moins sculpté. Tout se passe comme si la part de son œuvre qu'il estimait la plus digne de considération, « la voix sans timbre parfaitement transmissible » à laquelle il aspirait s'était moins bien transmise, en fin de compte, que ses plaintes, ses murmures et ses insolences à la première personne. C'est la règle commune, il faut s'y faire, et cela ne manque pas de piquant. Le temps permute les places du dur et du mou, comme si ce que le malheur d'être arrache au petit hasard à un artiste le fait rester parmi nous, quand ce qu'il aura longuement travaillé l'expédiera bien malgré lui en sous-sol, dans la réserve des livres rares.

32
Résurrection

Assumons nos responsabilités dans cette métamorphose. Les morts se transforment en même temps que les vivants parce que ce sont eux qui les font revivre. Ce n'est pas Valéry qui s'est trompé sur lui-même, c'est nous qui avons changé l'installation électrique, en éclairant les zones d'ombre et en effaçant les autres. Tant il est vrai qu'à chaque changement de saison changent aussi les capacités qu'ont les œuvres que nous gardons en stock d'émouvoir, de séduire ou de marquer les esprits.

De quoi aura souffert le Valéry des anthologies ? De l'extrême diversité de son œuvre et de ses talents, sans aucun doute. Mais aussi du fait qu'un écrivain qui ne raconte pas d'histoire peine à s'inscrire dans les mémoires. La poésie a été chassée des avant-scènes par le roman, le récit, le feuilleton, la série – et le *storytelling* fait loi. Les anciens nous sont présents par les personnages qu'ils ont créés – d'Artagnan, Sherlock Holmes ou Maigret – et Valéry n'a pas inventé de héros en chair et en os, sauf Monsieur Teste, anti-héros fantomatique. Baudelaire et Rimbaud non plus, me direz-vous, mais s'ils continuent d'exister c'est parce qu'ils sont devenus eux-mêmes des personnages de roman (et René Char, le Capitaine Alexandre, un héros de la Résistance). Ajoutons qu'un poète, pensons à Jean Genet, a intérêt à fuir les lauriers, qui nuisent à l'envol des légendes. Pas facile de faire une BD, un *biopic* ou un roman sulfureux avec un membre de l'Institut ou un prix de vertu.

D'où sort le vivant Valéry ? D'une nouvelle table de valeurs, qui déclasse et reclasse nos goûts.

Nous ne voulons plus d'interminables épopées mais du saillant et du concis. Et Valéry excelle dans l'art efficace et cocasse du trait. Éclats, épigrammes, paradoxes. Un sac de grains où chacun peut chiner et où chaque perle, sans besoin de collier, peut trouver son occasion.

Nous sommes fatigués des discours en trois points et des pensées sans lieu ni date, des envolées dans le vide, et cherchons d'instinct les allusions, les aveux, les *hic et nunc*. Le domaine qu'on peut dire infra-littéraire des lambeaux de vérité a deux modes d'expression qui font florès, en ces temps de *live* et de *direct* : la *correspondance* et le *journal intime*. C'est par le biais, indiscret et révélateur, des poulets et des carnets que nous reviennent, dans le simple appareil d'une conscience surprise à son éveil, Camus comme Sartre, Simone de Beauvoir comme Althusser ; et les *Journaux* de Drieu ou Morand, pour odieux qu'ils soient, les ont, d'une certaine manière, fait revenir. Dans les derniers inédits du « cher Maître », il y a de quoi satisfaire notre curiosité pour les dessous et les à-côtés d'un créateur. Il y gagne en présence, et même en profondeur.

Comme nous sommes devenus allergiques à l'institué, au composé, au concerté, nous avons du mal à capter « l'épique et le pathétique de l'intellect », et en dehors du domaine idéologique où elle continue de sévir, et d'ennuyer, la prose d'idées a beaucoup perdu de son ascendant. Restent le charnel, l'involontaire, l'impromptu, et c'est une chance pour lui comme pour nous que notre grand perfectionniste ait su tant de fois se laisser aller. C'est, à côté de notre lanceur d'alerte, ce Valéry transversal, intempestif et inattendu, qui retrouve enfin sa place : celle d'un contemporain capital à même de nous aider à devenir nous-mêmes contemporains du temps présent – tâche ô combien difficile et chaque jour à reprendre.

Achevé d'imprimer
par l'Imprimerie Floch à Mayenne
en avril 2019.
Numéro d'imprimeur : 94153.

Imprimé en France.